U0523733

搭着狭窄卧铺的列车前往天国旅行

跟污秽的心灵和这个世间道别

——THE YELLOW MONKEY

《天国旅行》

天国旅行

[日] 三浦紫苑 著　李盈春 译

只 为 优 质 阅 读

好
读

Goodreads

目录

森林深处　　　　　001
遗言　　　　　　　037
初盆的客人　　　　067
你是夜晚　　　　　097
火焰　　　　　　　131
繁星夜游　　　　　165
SINK　　　　　　　197

导读　　　　　　　228

森林深处

"大叔,喂,大叔!"

富山明男听到有人在一边叫他,一边摇晃他的肩膀。

吵死了,别管我——他很想这么说,缓缓睁开眼。一个二十六七岁的男人正似笑非笑地看着他。

怎么回事,这里是天国吗?明男正要发问,猛然咳嗽起来,只觉得呼吸困难,喉咙和太阳穴痛得厉害,脖子也阵阵刺痛。他伸手轻轻一摸,摸到绳子和磨破的皮肤。

"你没事吧?"

男人把瘫倒在地的明男扶起来,替他轻拍着背。明男的呼吸稍微轻松了些,他擦掉脸上的眼泪和鼻涕,总算搞清了状况。

看来自己是没死成。

顺着套在脖子上的绳子抬头望去,映入眼帘的是长着青苔的大树。因为没有合适高度的枝干,明男只得将绳子缠在树身上,但绳圈现在已滑落到距离地面约五十厘米的地方,显然是支撑不住他的体重而松脱了。

明男一边咒骂自己准备不周,一边从脖子上摘下绳套。哪有什么天国,他还在讨厌的树海[1]。早知道树海的树都没有合用的枝干,他就带个橛子来钉住绳子了。

空气充满了湿气,地面遍布青苔。成排的林木郁郁葱葱,树干上也都是青苔、青苔、青苔。真是够了。

明男摇摇晃晃地站起来,一边将松动的绳套从树身上解下,缠在胳膊上,一边向男人说:

"不好意思,谢谢你的好心。"

男人依旧蹲着,饶有兴味地看着明男的举动。

"大叔,你为什么要自杀?"

"不管你怎么阻止我,我都是要自杀的。"

"我不会阻止你的啊。"

明男听到"啪嚓"的声音,接着香烟的味道飘了过来。

"只不过,你在这种地方自杀,很快就会被人发现的。我刚才就看到了。"

男人似乎在笑,明男突然感到不安。这个男人在树海做什么

---

[1] 青木原树海,位于富士山麓的一片森林,以自杀胜地闻名。

呢?要是进来探险倒还罢了,但也可能是犯了什么罪来树海掩埋尸体,或是寻找自杀者遗物的小偷,又或是等候有自杀愿望的人,把他们一一杀掉的变态杀人犯。

明男咽了口唾沫,偷偷打量男人。男人一边抽烟,一边说:

"很好笑呢,大叔像虫子似的手脚乱动,我正觉得纳闷,绳套就松了,大叔翻着白眼瘫软下来。要是想死,还得想个更可靠的法子才行。"

"闭、闭嘴,少啰唆!"

明男满怀恐惧和屈辱,转向男人,把手里的绳子当鞭子一样挥过去,不顾喉咙的疼痛大声嘶吼:"搞什么啊你!别管我!滚一边去!"

绳子眼看要掠过男人的脸颊时,男人一把抓住绳子的末梢。明男生怕唯一的自杀工具被抢走,用尽全力拉扯,男人利用绷紧的绳子,轻松站起身来。

"真拿大叔没办法。"

男人把绳子丢过来,明男在胸前接住,第一次看清楚了站在对面的男人模样。

他个头比明男高得多,应该有一米七五左右,头发剃得很短,漆黑的眸子透出沉稳的眼神,身穿黑色长袖T恤和迷彩花纹长裤,脚蹬粗犷的工装靴,背着黑色的大背包。

他是独自一人来树海露营的吗？

虽然觉得很奇怪，但他看样子不像是杀人犯。明男为自己慌乱之下冲男人发脾气感到惭愧，百无聊赖地拉了拉西装下摆。

"那个，对不住了。你是出于好意才叫醒我的。"

男人吐出一口烟，从口袋里拿出便携烟灰缸，把烟头丢了进去。

"没什么。"他只回了这么一句。

明男有些畏缩，但还是下定决心说道：

"可是，我是抱着必死之心来的，不好意思，我想一个人待着。"

"可以啊，"男人晃了晃背包，重新背好，"但在这里会打扰到别人的。要寻死，得再往里走才行。"

"还要再往里啊，我已经走了好久了……"

"这里离游步道不过一百米左右。"

男人抬头望着树梢，闭上眼睛，明男也学他侧耳倾听，果然依稀听到公路上车辆驶过的声音。

才一百米，明男不禁灰心丧气。他越过粗粝的熔岩，越过地面虬结的树根，好不容易才来到这里，还以为终于找到了一个适合寻死的安静所在。树海比明男想象的还要广阔，这是一片拒绝人类深入的森林。

"算了，随便你吧。拜拜喽。"

男人巧妙地避开遍布地面的树根，转身迈开脚步。周遭全是一模一样的树木，完全分辨不出方位，但他似乎是去往与车声传来方向相反的树海深处。

"等等，"明男慌忙追上去，"你在这里做什么？"

男人停下脚步，顿了一下才回过头。

"演习。"

"你是自卫队的人吗？"

男人没有回答。

"是什么样的演习？"

"只带指南针穿越树海。"

独自一人吗？

明男心头又生出疑问，但此时无暇多想，他绕到男人面前，急切地央求：

"你现在要去往树海深处吧？希望你带上我，等到了合适的地方，把我留下来就行了。"

男人打量了明男片刻，又说了一遍：

"随便你吧。"

明男和男人并肩而行。走在青苔上很容易打滑，有时会误以为是地面，一踏上堆积的枯叶，脚就陷进熔岩的空洞里。穿着皮鞋很不好走，但明男还是尽力前进，以免落在男人后边。

"我叫富山明男，"他向身旁的男人自我介绍，"你呢？"

他觉得男人的唇边掠过一抹微笑。又停了一拍，男人才说：

"我叫青木。"

明男确实打算寻死。他打定了一死了之的主意，在鸣泽冰穴[1]的公交车站下了车。

既然如此，我为什么要跟着这个男人？如果真的想死，等男人走了，再上一次吊不就行了吗？根本没必要自报家门，又问男人名字。

明男抱着膝盖，凝视着篝火。小树枝烧到爆裂，小小的火焰跳动着，在黑暗中散落成点点火星。

他们走了约两小时，太阳开始西沉。树海并没有想象中那般阴暗，倒伏的树很多，也有很多地方树木密度不高。

到了一个小广场似的开阔地带，男人停住脚步：

"就在这里露营吧。"

因为要迁就明男的步调，两人应该没有走出多远。但男人并没有抱怨挖苦，默默地为过夜做起准备。

---

[1] 位于青木原树海东入口处，终年冰层覆盖，是富士山麓的代表性熔岩洞之一，与"富岳风穴"齐名。

薄薄的土层下就是熔岩，地面坚硬又凹凸不平。男人收集枯叶充作地垫，在上面支起圆顶的简易帐篷，又把捡到的干树枝拢成一堆，用打火机点着，灵巧地生起火来。明男什么都不会做，只能在一旁看着。

可能是看不惯明男无所事事地闲晃，男人唤道："大叔，帮个忙。"两人合力把从背包里拿出的塑料布摊开，四角用细绳绑在小腹高度的树干上。拿这当屋顶也太低了，塑料布的中央还往下陷。

明男一边忙活，一边暗自疑惑。

"今晚会下雨，塑料布是用来储存雨水的，"男人向他解释，"因为我只带了最低限度的饮用水。"

这么说来，到目前为止都没在树海看到沼泽或池塘。明男明白过来，为自己成了男人的负担而过意不去。但看着塑料布做的储水装置，觉得自己毕竟也帮了点忙，又打起了精神。

男人的背包里什么都有。

他们开了一罐咸牛肉罐头，就着咸饼干吃了，又分了塑料瓶里的水，小口小口地啜饮着。

虽然远远填不饱肚子，明男还是满足地望着篝火。

老实说，他寻死的勇气在一点点消失。

他的喉咙还是很痛。听说上吊后，人会大小便失禁。自己没有发生那种情况，真是不幸中的大幸。只是想到还没到那个阶段就早早失去意识、瘫软在地，感觉也有些凄惨就是了。

实际接近过死亡后，要再一次感受喉咙疼痛和血液沸腾般的苦楚，然后变成大小便失禁的尸体，明男不免有点犹豫，那场景想想就觉得可怕。

"大叔，你穿成这样会冷的。"

不知何时，男人已站到他身旁："把这个披上，会好一点。"

男人递给他银色的救生毯。虽然现在是七月上旬，在这片富士山麓的广袤森林里，入夜后依然寒意袭人。明男感激地接过救生毯，裹在西装外面。男人也在长袖T恤外加了件GORE-TEX的外套。

视线只要稍微离开篝火，周遭就是浓重到令人呼吸困难的黑暗。这是明男从未体验过的深夜，他不禁缩起了身子。不知何处有鸟在叫，他觉得应该是鸟，啾啾的声音宛如悲鸣。

坐在旁边的男人借着篝火和手电筒的亮光，正在看装在透明袋子里的地图。他似乎在对照指南针确认现在的位置，但以演习使用来说，那地图未免粗略了些，不过是市面上常见地图的复印件。

"一个人进树海，万一遇险怎么办？"明男问道。

男人笑了起来，叼在嘴上的烟头像红色萤火虫似的，忽明忽灭。

"你来寻死，还担心遇险吗？"

"不是我,"明男将穿着皮鞋的双脚并在一起摩擦,裹在身上的救生毯也跟着沙沙作响,"是说青木你。"

男人将烟头弹向篝火。

"我说这位大叔……"

"我叫富山明男。"

"富山明男先生,你多大岁数了?"

"五十四。"

"那你应该有老婆孩子吧?为什么要寻死?能说来听听吗?"

"就是很常见的理由。"

"是吗?"男人把下巴搁在竖起的膝盖上,"事业失败,讨债的人蜂拥而至,太太被逼得神经衰弱,再加上风言风语,你女儿也被流氓绑架,卖去做泡泡浴女郎,所以对人生绝望了?"

"说得跟电影似的,"明男吸了吸鼻子,"也没有那么夸张。"

同住的岳父母需要照顾,公司委婉地劝他提前退休,本来就已经疲惫不堪,儿子骑摩托车又撞到了幼儿园的小孩。好在因为要过路口减了速,双方都没有性命之忧,但小女孩手臂骨折,受了重伤。想也知道,他们遭到了对方父母强烈的指责,医疗费和抚慰金自然是少不了的,万一打起官司还需要很大的开销,该怎么办才好,他心里一点儿底都没有。

"心慌意乱的妻子对我说:'要是你死了,就能拿到保险金了。'

既然她都这么说了,我就照做咯。"

"在树海自杀,即使死了也没人知道,这样也领不到保险金吧?"

所以我才要来到这里,这是对妻子的报复。明男坏心地想着,无声地笑了。但他很快又觉得,并不是这样。

纯粹就是厌倦了一切罢了。找不到解决困境的出路,家人和麻烦事都让他害怕,所以他就逃出来了。

逃到没有烦心事困扰自己的地方。

"青木你通知我太太就行了,就说'在树海遇到一个叫富山明男的大叔,他说要寻死'。"

明男随口说道。虽然妻子就算得到消息,也不会特地来找他就是了。

明男裹着救生毯躺了下来。这时,他第一次发现,从林间的开阔空地望出去,无数的星星在漆黑的夜空中闪烁。

"哇啊,好漂亮!"他忍不住叫了起来,"'夏季大三角'看得清清楚楚。青木,你知道'夏季大三角'吗?"

"知道,"男人没有抬头看天空,"就是织女星、天津四、牛郎星……对吧?"

"对、对,"明男压抑不住情绪,不自觉地热切起来,继续说道,"你也喜欢星星吗?我高中时参加过天文社,因为是在信州长大,星星看得可清楚了。我本来是想上大学学物理的,只是家里不宽裕,就作罢了。青木,你的老家是哪里?"

男人又叼上一支烟,打火机一瞬间照亮了他的眼睛,似乎闪着冷漠的光芒:

"名古屋。"

"是吗,我也在那儿住过,不过是很久以前的事了。"

明男坐起身,拂去沾在后脑勺的落叶:"名古屋哪里?"

男人没有回答,却问道:"富山先生的儿子多大了?"

"在念大学,二十一岁。"

"已经是成年人了,"男人微微耸了耸肩,"那让他自己出钱不就好了。"

"是我儿子闯的祸,我没法不管。"明男摇着头说,浑然忘了自己已经逃到树海。男人慢慢转过头,看着明男,让他颇感不安,疑惑和恐惧再次浮上心头:这个男人到底是什么来路?

深夜的森林里,即使放声叫喊也无人听闻,只有他和偶然相逢的男人单独相处。

湿润的风从林木间吹过,乌云转眼就遮蔽了星星。

"看样子要下雨了,去帐篷里休息吧。"

男人将视线从明男身上移开,麻利地站起身来。

不要,怎能在如此狭小的空间里,跟这个男人睡在一起?

"谁来看着篝火呢?"明男问。

男人将抽的烟丢进火里,说道:"反正都会被雨浇灭。"

他们把睡袋摊开当被子,紧挨着躺下。男人背对着明男,很快就一动不动睡着了。狭窄的空间和对方的体温,让明男没怎么感觉到寒冷。

树叶沙沙作响,篝火的灰烬飘出微微的烟味,雨滴敲打着帐篷和塑料布。明男一边想着今晚肯定难以入眠,一边数着雨声,不知不觉就睡着了。

随着太阳升起,鸟鸣也热闹起来。明男只听出乌鸦的叫声和啄木鸟枯燥的啄树声,此外还有各种各样的鸟鸣,有清脆悦耳的响亮鸣啭,也有绵绵不绝的嘶哑叫声。

除了鸟儿,小动物和野兽似乎也在夜间活跃。帐篷顶上有疑似老鼠留下的小脚印,解手的树下也有鹿的粪便。

雨停了,青苔被露水濡湿,绿意更浓。看似丛生口蘑的白蘑菇从倒伏的树木下探出头来。

"青木,拿这个当味噌汤的配料怎么样?"

男人抓着塑料布的一端,正小心地将积存的雨水接到塑料瓶里。他只将脸转向明男,说了一声:"不行,有毒。"

男人用铝质饭盒盛了水,在篝火上烧开,倒进便携装的味噌汤汤料和真空包装的白米,简单煮了一下。

"白天会很闷热,最好摄入点盐分。"

男人这么一劝说,明男也就不客气地吃了起来。反正都要寻死,还吃什么饭,自己一吃男人的口粮就少了一半——诸如此类内心的嘀咕,在肚子空空的时候全都可以充耳不闻。

两人轮流用一只汤匙从饭盒里舀着吃。男人吃了三分之一,就说:"我吃饱了。"又抽起烟来。明男抱着已经凉透了的饭盒,把剩下的食物吃得一干二净。

"富山先生,你希望死在什么样的地方呢?"男人问。

"是噢……"明男想了一下。他从塑料瓶里倒了些雨水到饭盒里,放到篝火上烧滚,把粘在饭盒上的饭粒刮下来,喝着略带味噌味的汤。

"还是让人放松的环境比较好。阳光从树叶的空隙漏下来,就像安静的客厅一样。"

男人微微撇了撇嘴,似乎想说:"既然如此,死在自家客厅里不就好了。"明男话一说出口,也做好了被冷嘲热讽的心理准备,但男人只是利落地叠起了帐篷。

"那我们就去找那种地方吧,差不多可以出发了。"

一路的景色都很单调。不论是回头望,还是向前看,目之所及,除了树还是树。

光是跟在男人后面，明男就已经竭尽全力，至于自己是在哪里、怎么走的，那是全然不晓得了。虽然有的树长着奇形怪状的树瘤，有的树根像大蛇般盘曲交错，但在他看来，只有都是"树"这个共同点。就算男人一直在同一个地方打转，他也没法指责。

如果当成是森林浴，或许还能忍受这一成不变的景色，但白天的树海潮湿闷热，明男没走多久就脱掉西装，系在腰上，衬衫袖子也卷了起来。渗出的汗水加上周遭的潮气，让他的衬衫湿得能拧出水来。

男人似乎察觉到明男的疲惫，频频停下来在树荫下休息。

"水没烧开，不要一下子喝太多。"

把装着雨水的塑料瓶递给明男时，男人也每次都不忘提醒。想来在自卫队里，他一定也是公认的聪敏能干。

和背着帆布背包的男人相比，明男带的物品只有上吊用的绳子。这让他深感懊丧，觉得自己在树海内外都是这么不中用。

午饭是一边走一边啃代餐饼干解决的。太阳升到头顶上方时，连森林里也明亮起来，溽热程度快要超过明男忍耐的极限。

"我们好像迷路了，"就在这时，男人停下了脚步，"本该往树海深处走的，却靠近北边的游步道了。"

男人将指南针放到地图上，跟周遭的树木和太阳位置比对。明男坐到树根上，扯起衬衫扇风。他疲累极了，同时自觉跟男人熟稔了很多，当下半是玩笑半是嘲讽地脱口说道：

"喂，没问题吧？你不是自卫队队员吗？"

他立刻就后悔了，因为男人望向他的眼神里，看不出任何情绪。

所有的事情都是男人在做，他压根儿就不该说闲话。明男慌忙解释：

"不是，我是觉得演习会不会有任务，要在什么时间到达什么地方之类的。"

"没有，"男人把地图收进背包的口袋里，"大叔，你真以为我是自卫队队员吗？我明显穿的是便服，只带了简陋的地图和指南针，哪有自卫队队员会带这样的装备来演习。"

"那、那是怎么回事？你就是来露营的？"

明男想对男人笑一笑，却失败了。他硬撑着用颤抖的膝盖站起来，往后退去，跟男人拉开距离。男人一动不动，观察着害怕的明男。

明男忽然想到一件事，厉声说道：

"青木这个名字也是假的吧？"

他本想大声怒斥，发出的声音却像是悲鸣一般。他为什么这么轻易就相信了眼前的男人？这里不就叫青木原树海吗？

男人是出于什么目的，答应带明男同行？因为摸不透这个来历不明的男人的用意，明男脑海一片混乱，腋下直冒冷汗。

"死人不需要知道名字吧？"男人不屑地说，向前踏出一步，"我说你啊……"

明男全身发抖，猛地往右一转，狂奔出去。

"哇——"他忍不住大叫出声。

"喂！"

反应过来男人在叫他的瞬间，明男已经掉进了熔岩的罅隙中。他感觉到男人试图抓住他的胳膊，但是已经来不及了。

"你没事吧？大叔！"

明男跌坐在洞穴底部，一时搞不清发生了什么事。抬头看时，约两米高的洞穴边缘露出了男人的脸。

"头没撞到吧？"

明男点了点头。

"试着慢慢站起来，骨折了吗？"

"好像没有，屁股有点痛。"

"摔得还真是幸运。"

男人叹了口气，淡淡一笑："这是火山喷发时，熔岩流动形成的洞穴。来吧。"

明男抓住男人伸出的右手，被他从洞里拉上来。他正要道谢，却发现男人的左手滴下鲜血。

"你受伤、受伤了!"

"我知道。"

男人应该是在明男跌落洞穴时,因为试图抓住他,被锋利的熔岩割伤的。他并不理会惊慌失措的明男,一只手在卸下的背包里摸索着,取出一板看似抗生素的药片。

明男回过神来,接过银色药板,挤出一粒药,又拧开塑料瓶的盖子。男人就着雨水吃了药,用毛巾把左手包起来。

"富山先生真是让人不省心啊。"

男人靠着旁边的树干坐下来,不耐烦地咂嘴。血似乎还没止住,他像宣誓似的,把左手举到肩膀的高度。

"喏,你去死吧,我看着你死。"

男人用下巴指了指明男背后。明男转头一看,午后的阳光从枝叶间洒落,倒伏的树木看上去就像很舒服的沙发。

何必现在来说这种话呢。明男又是懊悔又是气愤,眺望着森林里明亮的空间,心想不如抛下男人,独自走向树海深处。不过,男人是因为他受的伤,流了很多血,如果丢下他不管,难免会担心,心里也不是滋味。不,会担心是真的,但恐怕也是不想一个人在树海晃荡的借口。

明男怔怔地站在男人旁边。

"抱歉。"男人说着,叹了口气,"刚才吓了一跳,所以忍不住拿你撒气。富山先生,你别往心里去。"

明男和男人再度一起朝树海深处前进。

男人只有一只手能用,明男代替他辛苦地生了篝火,搭起帐篷,准备好罐头晚餐。男人有气无力地坐在地上,可能是因为受伤发烧了,但没有多余的水给他冷敷额头,明男只能将雨水烧开,凉凉了给他喝。

被年纪可以当自己儿子的男人搭救,给对方添了许多麻烦,却连寻死的地方都找不到。为了告别软弱又优柔寡断的自己,明男把随身的物品都丢进了篝火里,包括装着几张钞票的钱包、驾照、各种卡片和手机。

"承蒙关照了,"明男本想放弃用敬语,想想还是算了,"明天青木出发后,我就在这里死吧。"

男人是什么来历,为什么来到树海,这些都不重要了。明男狼狈地倒在森林里时,是这个自称青木的男人叫醒了他,带他走到树海深处,分食物给他吃,还救了他。这几个月来,不论在家还是在公司,明男从来没有跟人说过这么多话。

他心想,最后的最后,能在树海里遇到青木真是太好了。

明男存在的证明逐渐烧得焦黑,男人默默地看着火焰。

听到呻吟声，帐篷里的明男醒了过来。此时还是深夜，周遭笼罩在沉沉黑暗之中。

明男打开放在枕边的袖珍手电筒，只见男人额上冒汗，痛苦地呻吟着，烧得很厉害。

"青木，你还是吃点药吧？放在哪儿了？"明男问。

"背包左侧的内口袋里。"男人答道。明男把背包里的东西摊到地上，找出白天看到的抗生素递给男人服下。过了一会儿，药似乎起作用了，男人的呼吸平稳了些。

明男放下心来，费劲地把散落的东西放回背包。他发现有用橡皮筋捆住的药板和没开瓶的威士忌，不由得停下了手。

这是怎么回事？

明男坐在睡着的男人旁边，凝视着黑暗。

天亮后，男人的状况依然很差，倦怠地烤着篝火。

"我已经喝过了。"

明男把塑料瓶里剩下的一点水让给男人喝，自己假装去小解，偷偷舔了舔青苔上缀着的朝露。舌尖上传来冰凉潮湿的感觉，但还是不足以润喉，而且带着泥土的霉味，让人受不了。

明男回到篝火旁，察看男人的侧脸。男人脸颊发红，眼神也因为发烧而显得暗淡。

"还是叫人来吧?"

明男小心翼翼地提议。

"叫谁呢?"

男人晃着肩膀。虽然看样子烧得都动不了了,从他身上却丝毫感觉不到焦躁和不安。明男下了决心,向男人说出自己想了一晚得出的结论。

"青木,你也是来树海自杀的吧?"

"带着这么多行李吗?"男人慢慢抬起手,指着背包,嘲讽似的笑了,"没有那种人啦。"

"里面装了很多药,那是安眠药吧?"

男人将胳膊放在腿上,身体往前倾。明男伸手搭上他的肩膀,想问他是不是很难受。

他身上烧得发烫。

明男大吃一惊,急忙站起来。

"我去叫人过来。"

"可是叫谁呢?"

"谁都好。救护车,对了,要叫救护车……"

"没用的,"男人错愕地叹气,"再说,富山先生昨晚不是把手机烧了吗?"

"用你的手机!"

"树海里没信号啦。"

明男还是从背包里翻出男人的手机,拨打了好几次,都不在服务区。

"我们去游步道那里,往哪边走?"

明男背起背包。

"你不是想死吗?"

男人嘀咕着,明男抓住他的袖口,硬把他拉起来。

明男和男人在绿色散发出的浓厚气息里不住脚地走着。在树叶的重重遮蔽下,依然有光线照射到地面,在空中描绘出宛如黑白栏杆般的条纹。青苔上蒸腾的水分,让风景也晃动起来。看不到影踪的鸟儿在鸣叫,不知何处传来动物踏过干树枝的声音。

两人在无边无际的翁郁森林里前进。明男觉得这世上会说话的生物全都消失了。

他自觉走了很远的路,却依旧没有走到树海的边缘。在这里,距离、时间、方位都脱出了认知的樊笼,变得天马行空。

或许他们已置身于死后的世界。

溽热和焦躁让明男的头脑昏昏沉沉的,就在这时,他看到二十米开外的树下,站着一个穿蓝色工作服的男人。

"青木,有人!"

这说明接近游步道了。明男兴奋不已,高声叫道:"打扰了!"

穿工作服的男人似乎没听到，并未回头。明男迈过树根，走到男人身旁。

"打扰一下，如果您有车，能否载我们到医院……"

话没说完，明男就呆在了当地。一股腐臭味猝然扑鼻而来，脑海里有个地方在警告"不要看"，明男还是忍不住定睛望去。

穿工作服的男人黑乎乎的后脑勺在蠢蠢欲动。原以为是风吹动了头发，然而不是，那是黑点的集合。它们察觉到明男的接近，轰的一声在空中四散。

明男好一会儿才反应过来，回荡在寂静森林里的声音是自己发出的悲鸣。那听起来全然不似人声的尖叫，竟然就是自己嘶吼出来的。

本以为是穿工作服的男人后脑勺的地方，其实是他的脸。密密麻麻让人误以为是头发的苍蝇飞走后，现出一张皮肤腐烂脱落、已经不辨面目的脸孔。

穿工作服的男人是上吊自杀的，因为脚尖离地面只有些许距离，断气后依然保持着近乎直立的姿势，如今已化为腐烂的肉块。

尸体的臭味、苍蝇飞走时的轰响，分别从口鼻、耳朵灌进明男体内，他很想把全身的孔都堵上，却没法停止尖叫。

"富山先生！"

男人追上来抓住他的胳膊肘，拉着他远离尸体。苍蝇的嗡嗡声减弱了，尸体也被树荫遮没，臭味却依旧充斥在体内。明男被男人拉着走，从尖叫变成喉咙"啊——啊——"单调的振动，最后终于停止了。

明男甩开男人的手，对着青苔剧烈呕吐。食物的馊味总算盖过了尸臭，简直令人哭笑不得。

"你这人真怪，"因为发烧神情恍惚的男人看着明男说，"明明你也打算拿那根绳子上吊自杀。"

明男把缠在手腕上一路带过来的绳子扔到地上，动作的激烈程度，仿佛第一次发现那是条不祥的毒蛇。

他用叫得嘶哑的喉咙断断续续地解释，说没想到人体会腐坏到那种地步。

男人拾起绳子，纳罕地侧着头。

"我倒觉得死后自己的身体会变成怎样，已经无关紧要了。"

目睹了尸体的明男，好一阵子无法思考任何事，最后还是跟在拿着地图和指南针的男人后面，甚至没有力气开口问一声脚步蹒跚的男人是要走向哪里。

他们终究没有走到游步道。在树海迎来第三个夜晚时，水和食物都已告罄。明男和男人携带的物品中，能够吃的只有安眠药和威士忌了。

往后该怎么办呢？

明男坐在倒伏的树木上，凝视着篝火的火焰渐渐变小。深深浅浅的影子勾勒出夜间的森林，不时随着火焰摇曳，每次都吓得明男胆战心惊，有种看到腐烂尸体的幻觉。

"富山先生！"男人从帐篷里喊他，"差不多该进来了吧？外面很冷。"

原以为睡下了的男人正在喝威士忌。他用刀把两升的塑料瓶切成两半，当作杯子，还替明男也做了一个，连酒都倒好了。

"富山先生也喝点吧？"

现在即使下雨，也没办法储水了。明男心里想着，接过装着淡褐色液体的方形塑料容器。

两人面对面坐下，小口小口地喝着酒。狭窄的帐篷里，充斥着两人几天没洗澡的体臭，还有男人散发出的热量。

"今天'夏季大三角'也出现了吗？"男人问。

明男却无法作答。曾经让他那般感动的夜空，如今已压根无心去看。第一天晚上男人或许也是同样的感受。

他只想尽可能远离一切让他劳神的事物，与树海的熔岩、青苔、树木静静地融为一体。

然而人毕竟与熔岩、青苔、树木不同，无论生前死后，都会散发气味，形态也不断变化，心灵和肉体都与森林的静谧相去甚远。

男人盘腿坐着，膝盖近得几乎可以碰到，身体似乎有些倾斜。

"你还在发烧，喝酒没事吗？"明男问。

"没——事，没——事，"男人有点口齿不清地回答，"富山先生说得没错，我也是来这里寻死的。"

"是嘛，"明男并不意外，"可是，为什么呢？你这么年轻，看样子又擅长野外生存，不用自杀也有的是手段活下去吧。"

"我的确很擅长野外生存。"男人拿起威士忌酒瓶，轻轻晃动着。瓶子里还有五分之一的酒，但他并没有再往杯里倒，而是又放回地上。

"因为我曾经是自卫队队员。"

"难怪。"

"我从没见过我爸。因为不想一直给我妈添麻烦，高中一毕业就进了自卫队。不但有薪水领，还能拿到驾照等各种资格证，很合算吧？"

"是啊。"

"可我结识了不良少年做朋友，也没办法回头了。退伍以后也跟他们混在一起，越来越觉得没出路。刚好我妈也死了，我就觉得是时候了。"

"就只是这样？"明男脱口说道，"不是，那个……"他不知道该怎么解释。

"你用不着寻死吧,既没有被债务压得抬不起头,也不是找不到工作,不是吗?"

"你不会懂的。自己孤零零活在这世上,没有一个人牵挂是什么滋味。"

男人的声音低低的,在静寂的森林里都很难听到:"就算有一天忽然消失了,也不会有人找我,不会有人为我悲伤,是个很省事的人。往后也只会一样,围在我身边的全是些垃圾。"

明男自己也是来树海自杀的,奇怪的是,他却突然想阻止男人。

"你妈妈在那个世界会伤心的。"

"哪有什么那个世界,"男人笑了,"依我看,富山先生也没必要寻死。虽然现在受了些小挫折,但你有家人,也有此前勤奋工作积累下来的成果,不是吗?"

啊,是这样啊。明男的视线落在临时做的杯子上。杯中只剩下少许淡褐色液体,在手电筒的微光中闪着琥珀般的光。

人有时就是会因为他人无法理解的原因而选择死亡。痛苦从来都不是相对的。明男和男人会来到这里,都是因为怀着一份只能独自承受、彷徨无助的痛苦。

"我本来打算好好考虑几天再做决定的,"男人将杯中的酒一饮而尽,"或许会找到让我觉得可以活下去的理由也说不定。还真是不干脆。"

"找到了吗?活下去的理由。"

"谁知道呢……"

男人看着明男,漆黑的眼眸因发烧而显得湿润:"富山先生住在名古屋,是多少年前的事呢?"

"二十六七岁的时候……那是多少年前啊,"明男可能有了些醉意,一时算不出来,"为什么问这个?"

"当时有交往的女孩子吗?"

很遗憾,并没有。明男晚熟得很,三十岁才总算跟妻子相亲结婚,在此之前,一直过着几乎与女人无缘的生活。

正要这么回答,他却又蓦地想到,该不会——

该不会,这个男人怀疑自己是他的父亲?

明男本可以一口否认,不知为何,却含糊地回答:

"这个,该怎么说呢。"

也许是出于虚荣心,也许是那时虽然没交到女朋友,却也并非从未跟女人发生过关系,也许是觉得假如有这样一个儿子,自己的人生也会稍微轻松一些,又或许是觉得暧昧的回答可以让男人活下去。

两人都在紧张地揣测对方的想法,几秒过后——

"这样啊，"男人说，"富山先生，你已经不想死了吧？"

"我也搞不清楚，"明男也将杯中酒一饮而尽，"不过至少，再也不想上吊了……照现在这样下去，我们终归是死路一条吧，没有吃的，又在树海里迷路了。"

"这里面，"男人晃了晃酒瓶，"已经溶入了碾碎的安眠药，一起喝掉吧！只要不穿睡袋，天亮前就会因为寒冷而失温，在睡梦中毫无痛苦地死去。"

到底该怎么办，明男其实一早就知道了。水和食物都告罄的时候，自然就是喝剩下的酒、吃安眠药了。他们本来就是来树海寻死的，这是很顺理成章的事。

可是明男却不情愿了。他的心境已起了不可思议的变化，强烈地不想让男人死。

跟儿子差不多年纪的男人，可能是他儿子的男人，对倒在树海里的明男没有不闻不问，听他说话，结伴一起走了好几天的男人。

"是啊，"明男说，"不过，两个男人一起死在帐篷里，恐怕不合适吧。万一被人发现，看着就像殉情一样，不大体面。"

"说得也是，"男人点了点头，"那我就借富山先生这根绳子，去远一点的地方上吊。"

"不，可是……"明男慌乱起来，"一个人去死又有些不安。"

"到底想怎样啊？"男人愕然似的嗤笑了一声，"那在富山先生失去意识之前,我一直待在帐篷里。我一个人去死也没问题。"

于是,男人把瓶子里剩下的酒全部倒进明男的杯子里。明男喉咙颤动,看看杯子,又看看男人。

男人的眼里似乎充满了憎恨与恶意。对把自己带到这个世界又人间蒸发的父亲的憎恨,还有对驱逐了自己也照常运转的世界的厌恶,仿佛都在他眼里幽微地闪着光。

明男感到,男人是在测试他求死的意志有多坚定。

随口就说要寻死的你,究竟有几分认真?你内心的绝望,深切到抛下家人去死的程度了吗?

绝望到像我一样的程度吗?

男人沉默地看着明男。

说不定男人是打算独自偷生。搞不好他根本没想要上吊自杀,而是等明男喝下放了安眠药的酒昏睡过去后,就丢下他一个人离开森林。

哎呀,真是个烦人的大叔,如今可算是清静了。也许他这样想着,还会一脸愉悦地举起背包摇晃,觉得多少告慰了母亲的在天之灵。

明男觉得那样也好。如果自己的死能让男人心情愉快,恢复些许生命的活力,他也就心满意足了。哪怕男人还是上吊了,在树海偶然相遇的明男和男人,在死亡的瞬间也分担了彼此的痛苦。

不论是哪种状况，想到本该默默死去的自己能稍微帮到别人，他就觉得已经足够了。

明男怀着平静的心情将男人倒的酒一口气喝干。酒略带苦味，感觉很辣喉咙。

男人似乎隐约露出笑意。

明男把睡袋推到一边，躺了下来。帐篷下方就是凹凸不平的熔岩，硌得后背隐隐作痛，但很快也就不在意了。

男人确实会守在他身旁吗？不知是因为手电筒关掉了，还是吃下安眠药后眼前逐渐发黑，明男转过头依然看不清楚，他不安地叫道：

"青木，你在那儿吗？"

"在啊。"

男人应道。

"说点什么吧。"

只听"咔嚓"一声，烟味飘了过来。

"织女星、天津四、牛郎星，是我妈教我看'夏季大三角'的。我没有开口要，她就主动给我买了便宜的星座简图。我妈很喜欢看星星。"

睡意骤然袭来。

"多半是她交往过的男人中，有人喜欢看星星。她是个很容易受影响的女人。"

明男已经不知道自己眼睛是睁着还是闭着了，意识就这样逐渐沉入黑暗中。

"富山先生，你睡着了吗？"

织女星、天津四、牛郎星。

男人的声音宛如咒语般，在明男的耳朵深处静静回响。

"喂，喂，你醒醒！"

有人在喊他，摇晃他的肩膀。

明男费劲地睁开眼，阳光霎时直刺眼睛。

帐篷的入口大敞着，两个戴鸭舌帽的中年男人蹲在地上，一脸担心地看着他。

明男一时搞不清楚状况，他想要坐起身，却起不来，身体被睡袋紧紧裹住了。

这要怎么打开啊？

明男动了动身体，一个男人察觉了，替他拉开睡袋的拉链，早晨清爽的空气涤濯着他的皮肤。

"唔……"

明男用终于恢复自由的手按住隐隐作痛的太阳穴。虽然没到想吐的程度，却也是一阵阵反胃，显然是宿醉的症状。

"你在这种地方干什么啊？能站起来吗？"

"不会是打算自杀吧？"

两个中年男人相继问道，语气中带着愤慨，但也松了一口气。明男的脑袋逐渐清醒，当即跳了起来。尽管头痛得像有锥子在扎，他也顾不得了。

"青木！"

帐篷里已不见黑色背包的踪影，只有一个空酒瓶扔在地上。

"青木在哪？"

"那是谁？"

"年轻的男人，个子……"

明男焦躁得顾不上解释，推开两个男人就冲出帐篷。他四下张望，只看到篝火的灰烬，并没有哪棵树上吊着尸体。

鸟鸣声中，断续传来车辆的轰鸣。

"你真的没事吗？"

"真是的，别吓人啊。总之先到这边来。"

两个男人搀着他的胳膊，明男蹒跚地迈开脚步。途中他数次回头张望，始终没有在林间看到青木的身影。

令他惊异的是，只走了二十米左右就到了林间小道。虽然没有铺柏油，但车轮的痕迹清晰可见，看来附近的居民经常走这条路。两个男人开过来的小货车停在路旁的避车处。路对面是已经称不上树海的树林，散布着别墅风格的小木屋和田地。

"就算是大夏天，在那种地方睡觉也有可能会死的。"

"要是没钱的话，我们送你到警察局。"

明男两手空空，穿着脏兮兮的西装，他在这里要做什么，想来是一目了然的事。但两个男人不知是习惯了救助自杀的人，还是觉得不好再刺激他，催促明男时声音也几乎可以用温柔来形容。

明男心乱如麻，只觉得一切都弃自己而去了。无可奈何之下，他只能点头说好。

两个中年男人对视一眼，明显松了口气。

"幸好我们看到了。"

一个男人朝树海方向扬了扬下巴，从林道可以隐约看到帐篷的圆顶。

"要是没有这个，就真要错过了。"

另一个男人把手搭在路旁树木绑着的绳子上。这条绳子明男很熟悉，就是他自己的。绳子紧紧地绑在两棵树中间，仿佛在指示帐篷的方位。

青木。

明男忍不住呜咽。你从一开始就打算这样做吧？你是为了救我，才在离林道这么近的地方搭帐篷，劝我喝酒吧？如今看来，那瓶酒里放了多少安眠药，甚至是不是真的放了安眠药，都是个未知数。

明男用手掌拭去泪水。一把年纪的人放声大哭,的确很丢脸,但他怎么都忍不住。知道自己保住了性命,他满心都是欢欣,以前那般想死的心情简直不像是真的。他觉得获得了某人的允许,至少那个自称青木的男人允许他活下去。

青木,你到底去哪儿了?

你受了伤,又发着高烧,不会是绑好指示的绳子后,又回到树海了吧?

明男很想现在就去找他,但没有装备是不可能在树海寻人的。那就只有麻烦一下两个中年男人了,明男等着自己平静下来,

"你是有同伴吗?"

"如果有,那个人应该没事的。都来到林道绑绳子了,没理由又特地回去寻死。"

借着对方劝慰的话,明男坐上了小货车的副驾驶座。一个男人坐在装货台面上,驾驶座上的男人可能是受不了明男身上的味道,打开了车窗。

车子在林道上行驶。

他一定没事的。一定一定不会有事。

明男任由身体晃动着,闭上了眼睛。

他仿佛看到了清晨的薄雾中,一个青年背着背包,沿着林道走向公交车站的身影。

遗言

"那时候死了就好了。"

这句话你说了有五十八遍了,老实说,我也已经听腻了。所以我打算在这里把我的想法写下来。

首先需要值得好好推敲的是,你说的"那时候",到底是指什么时候?这原是微不足道的疑问,只需问一声"是什么时候"就能立刻搞清楚,但你多半会因此发作(诸如"没想到你会问出这样的问题""这种事不应该是不问也心知肚明的吗""你最可气的就是这份迟钝,不问就不知道"等无休止的怨叹)。这不是我希望看到的状况,我想尽量避免出现这种状况。

因此,"那时候"指的是什么时候,便只能由我自己试着推测了。若是我的推测有误,这篇稿子就会化为毫无意义的灰烬。不过应该也差不到哪里去,这种程度的自信我还是有的,毕竟已经和你共同生活了这么久。

活到这把年纪，当然面对过让人觉得不如死了算了的事态。我们——也就是你和我的脑海里真正闪过死亡这个选项，大抵就是以下这三次吧。其他时候你所说的"死了就好了"云云，在我看来不过是单纯的抱怨，又或是向我宣泄不满时的开场白，总之，都是不值得多想的口头禅。

第一次是双方父母反对我们在一起的时候。

他们竟会那么激烈地反对我们在一起，那么口不择言地痛骂我们，完全出乎我们的预料。我们有困惑，也有反抗，但更多的还是感到悲伤。如今想来，双亲的愤怒也是情有可原，毕竟我们都很年轻，连谋生的手段都没有。

不过，还有很多其他理由吧。我无论内在还是外表，就算说恭维话，也很难称得上出色，而令尊财力雄厚，很有社会地位，一言以蔽之，是个有头有脸的人物。他担心不谙世事的你，这份父母心也是可以理解的。

我向令尊提出要和你交往时，我只穿着泳裤，手上还挂着海草，即便十分热切地说："我是认真的，请允许我和她交往。"也很难获得首肯。但若容我辩解，是令尊突然闯到我们约会的现场，当时我正在浮潜，只穿着泳裤也是没办法的事。

尽管如此，在海滩上的你看到父亲出现，只是苍白着脸，始终没有打圆场说一句"他平常不是这么随便"之类的话，这从人情和体贴的角度来说，恐怕不太合适吧。至今每次想起来，我都止不住地焦躁。

令尊跟踪两个年轻人，煞风景地突然撞破我们在海水浴场的约会，即使是出于对你的疼爱，也不是什么值得赞扬的事。但我当时就从内心原谅了令尊的举动，因为我感受到了他对你的爱。父爱与爱慕虽然不同，对你的珍惜却不会输给任何人。除我之外，还有这样的人存在。亲眼看到这一事实后，我对令尊产生了同道般的敬意，同时再次下定决心，要更加珍惜、更加深爱被双亲呵护长大的你。

令尊虽然像侦探一样跟踪我们，我却有无法当面指责他的理由。这是我第一次向你坦白，其实我以前也做过类似的事情。

你想必以为是在二宫公共礼堂的音乐会上邂逅了我，以为那是一场偶然的相遇。不是的，之前我就知道你，并设法寻找机会接近你、和你交谈，尽可能迅速拉近我们之间的距离。

说得再直白一点，我跟踪了你半年之久。用现在的话来说，就是跟踪狂。但那只是从暗处悄悄凝望意中人的纯情，是按捺不住的恋慕之心，若是不分青红皂白地认定为犯罪，未免有些轻率。如此隐秘地关注你半年之后，我得知你要去公共礼堂听莫扎特管弦乐晚会，终于下定了决心。我和几个朋友一起买了票，强忍着困倦，在你和女佣准备回家时，在大厅笨拙地叫住你。以后的事情你都知道了。

你的女佣叫什么名字来着？对了，叫阿君。多亏她善意地视而不见，我们才得以顺利恋爱。说起来，记得你落寞地向我提过："听说阿君终于要嫁人了。"后来她过得怎样了呢？她应该比我们年长几岁，不知身体是否还健康。

那天晚上陪我去公共礼堂的朋友，如今已有半数不在人世。如果没有朋友们半是玩笑、半是认真地推我一把，我恐怕到最后也没有勇气向你搭话。

到了这个岁数，年少时的事就像一场梦，或是以前看过的小说里的故事。或许是因为拥有共同记忆的人越来越少的缘故。

哪怕始终铭记不忘，百年过后，大部分的爱情和事迹也都消逝无踪，再无人可以证明。即便如此，人依然忍不住一腔热忱投身其中。人真是一种不可思议的生物。

有点离题了。你大概会很惊讶：那我到底是在哪里第一次见到你的呢？

是在耳鼻喉科。还记得本町有一家叫西田医院的耳鼻喉科诊所吗？就是在那里。

你知道我特别喜欢掏耳朵，每天都要用一次掏耳勺。那时也因为太频繁掏耳朵得了外耳炎，在西田医院的候诊室等着配药。

你说你是因为鱼刺卡在喉咙里取不出来，才来医院就诊的。当你打开门，穿着校服走进来的瞬间，我浑然忘了从右耳到同侧头部的搏动性疼痛。你慢慢换上拖鞋，不好意思地告知接待处来意。

鱼刺啊，我心想。若有可能，我愿化为鱼刺，进入你幽暗的腔道，刺进你柔软的黏膜。

拿了药，我待在西田医院对面的书店，忍受着爱卖弄的老板的掸子攻势，等着你出来。从那天起，开始了我长达半年的跟踪生活。

你可能想说，莫扎特和耳鼻喉科，就像甘露和鼻涕，给人的感觉不啻云泥之别。但事实就是这样，我也无可奈何。我没有选择时间和地点的余地，就在耳鼻喉科的候诊室如遭雷击，陷入了一生一次的恋情。

拜跟踪之赐，我得知了你家住哪里，上什么学校。

你的家位于离海边五分钟路程的高地，从镇上任何地方望过去，都可以看到屋顶厚重的瓦片反射着阳光。但房屋被白色的高墙环绕，大门常年紧闭，想到你就住在那片屋檐下，我心中的苦闷自不待言。

我只能趁你上学放学的时候偷偷地看你，我自己当然也有学业。每天早上，我在坡道的十字路口偷偷等你，但也常常没见到你就不得不去上学了。碰到那样的日子，我就沮丧得连便当都吃不下去。

一到放学时间，我就抓起书包冲出教室，奔向你的学校。顺利的时候，可以从你走出校门，一路跟随到你回到位于高地的家。我的心里乱纷纷的，不知道是希望你回头，还是就这样望着你的背影走下去。

放学后，你有时会去学校附近的运动场打球。说是运动场，不过是用栅栏简单围起来的一块草地，我假装放学路上稍微歇口气，溜进运动场的角落。你和你的朋友围成一圈，欢声笑语，我尽量避人耳目地望着晴空下飞来飞去的白球，还有笑着追球的你。

爱上你让我明白了许多事，其中之一就是异常高涨的变身欲望。

那时我想变成球。继鱼刺之后，这次是球。我好想变成能触碰到你的一切。我非但嫉妒知道你喉咙黏膜的触感和湿润的鱼刺，还羡慕被你包在掌心、从你手中弹出的球，那该是怎样的感受啊。

就在我沉浸在想象中，化身为被你操控的球时，球真的朝我飞来了。那是你投出的球，你的一个朋友没有接住，跑到我面前行了个礼，但我的视线始终投注在你身上。你正在跟旁边的朋友说着什么，似乎是察觉到了我的注视，忽然侧过身，远远向我点头示意，好像在感谢我阻止球跑到栅栏外。

你投出的白球变成一支箭，不偏不倚地射穿了我的胸膛，我终于受了致命的重伤。

从那天起直到音乐会那晚，我的烦恼是如何的日甚一日，还有终于忍不住出现在你面前之后的情形，这些都无须赘述了。

你接受了我的感情，回应了我。不知你可曾想过，你的微笑、和你一起漫步在熟悉的街道上的时光，让我多么快活。你对我精神上的影响力，比你想象的要强烈几十倍。你的一言一行，不经意的一颦一笑，都让我感到自己是世界上最幸福或最不幸的人。

可是令尊不允许我们交往，我们就无法轻易见面了。如果我想在上下学途中接近你，就会有两三个住在你家的身强力壮的男人冒出来，炫耀他们的腕力。即使想约你见面，写信、发电报、打电话也都联系不上。

等你跟我接触也是徒劳。我不是责怪你行动消极，你几乎没有自由。无论是在高地的家，还是在往返学校的路上，你遭受的监视和好奇的眼光更甚于我。令尊、看令尊脸色过日子的令堂、你家的用人、镇上的居民，所有人都皱着眉头，对你我的恋情议论纷纷。

太年轻了，不知检点，无视社会常识云云。

尽管实际上我们都没有好好地牵过手。

被令尊盯上后，我父母彻底畏缩了。在我家里，我的恋情就仿佛不存在一般，谁也不提这个话题，只是用阴郁的眼神观察我的每一个举动，防止我闹出乱子。

你的来信我都收在书桌的抽屉里，当我发现那些信件忽然消失时，我又是难过又是愤慨，只觉得一阵晕眩。用龌龊的方法否定孩子萌芽的美好感情和生而为人自然的欲望，这样的父母为什么还要称为父母？

我和你交流的手段，只剩下用小纸条寄托思念了。纸条从我传到我的朋友，从我的朋友传到你的朋友，又从你的朋友传到你手上，再经由相反的途径，得到你的片言只语。

但和写信不同，纸条只能简要写上一句话。"梦到你了。""好想见你。""几时能见面？""现在不行。"诸如此类的往来，不知不觉变得有点像无聊的文字接龙游戏。那干脆真的来文字接龙好了，于是我试着写了"苹果"，你敏锐地领会了我的用意，回以"果皮"。"皮草""草地""地瓜""瓜子""子夜""夜叉"，接到这里时，朋友向我表达了不满，他说：

"我是为了支持你们的恋爱才自告奋勇帮忙的，希望不要只是玩无聊的文字接龙。"

说得很对。由此也自动证明，朋友偷看了我们的通信内容。但不得不说，这也是很自然的事，不过是从笔记本上撕下来再对折的纸条，任谁都会偷偷看一下上面写了什么吧。

我克制着不再玩文字接龙，正翻来覆去思索该往纸条上写点什么时，你的信来了。那不是封好的书信，也不是从笔记本上撕下来的纸条，而是用毛笔写在和纸上，系在邻居养的猫小虎的项圈上。

小虎每隔几天就会悠闲地穿过我家的小院子，我的书桌抽屉里常备着一包小鱼干，为的就是不时和小虎交流。那天傍晚，小虎出现在院子里，我蹲在窄廊上，将小鱼干托在掌心喂它。

小虎沙沙的舌头灵巧地把小鱼干送进嘴里，我发现它的项圈上系着打成结的书信，不由得好奇心起。小虎的主人是个四十来岁的寡妇，想不到还蛮风流的。用小虎来给情人送信，莫非对方就住在附近？

小虎还在起劲地吃着小鱼干，我从项圈上解下书信结打开，飘出一股墨香，上面写着"今晚八点，车站见"，的确是你的字迹。

所以这是你写给我的信吗？我顿时心跳得厉害。说起来，我记得跟你提过，有只虎皮猫偶尔会来我家院子，你大概是避人耳目来到我家附近，彷徨无计之下捉住小虎，把信系到项圈上再放走。

问题是，你说的"今晚"真的是今天晚上吗？小虎一向随性得很，巡视的路线并不固定。我们自从玩文字接龙后，纸条的交流也几近断绝，已经许久不曾见面，也无法有任何联系。你完全有可能是在三天前把信系在小虎的项圈上，然后因为"今晚"我没在车站出现而失望，现在正在高地的家里蒙头大睡。

算了，不管那么多了。我把抽屉里的小鱼干全部喂给小虎，然后快速把随身用品收到小旅行包里。就算是错过了，我也要在

"今晚"八点去车站。既然你呼唤了我,我就会永远在车站等待"今晚"。

我若无其事地和父母一起吃晚饭。想到这可能是陪父母吃的最后一餐了,平淡无奇的味噌汤和父母的脸也令我感到分外亲切。

引力这种东西,似乎要到挣脱以后才会发现曾经饱受限制。当我们各自离家出走,在车站手牵手时,我才知道父母的庇护同时也是沉默的压力。你应该也有同样的感受,目光里充满了恐惧和兴奋。

小虎替你送信时并没有耽搁。你说的"今晚"就是今晚。我们因相逢的喜悦而颤抖,无月的夜空中,我们的命运仿佛化为崭新的星座在闪耀。

当然,想到双方父母的哀叹时,难免会感到内疚,但我们也为自己选择了大胆行动而自豪。

我们以为自由了。此时我们唯一拥有的,就是彼此的爱。

我们如此炽热的恋爱迎来了终局。如果"终"给人以不祥的感觉,是因为哪怕刻意恭维,结果也无法用"炽热"来形容。你说的"不如死了好",应该指的就是这一事实。

我本想一口气写完事情经过,但有些累了。最近我的注意力保持不到二十分钟,每天都是写二十分钟,午睡两小时,再写二十分钟,然后在附近散散步。这似乎令你颇为不满。

"工作上多上点心，怎么样？"

你总念叨着诸如此类的话。

"自从买了电脑，你的工作效率大幅下降。你真的在专注写作吗？现在不是有交友网站之类的玩意儿？"

有时还会这样胡乱疑心。

虽然我没有真的试过，但上交友网站的应该是以年轻人为主。我对年轻男人或女人都没有兴趣，对方也不会想在我这样的老人，尤其是还没多少钱的老人身上浪费时间。你的心态一直很年轻，真是无忧无虑。我希望你正视这个事实：不只是你老了，我也老了。

电脑和工作效率低下的关系非常简单。

一、工作室引进电脑的同一时期，我因为年纪大了，精力体力下降了很多。

二、我还不习惯用键盘打字。

以上两点就是全部的原因。

我小心地善用日渐衰退的精力体力，日夜和键盘展开奋战，你却对我的努力毫不理解，屡屡闯进工作室唠叨个没完。每当这时，我只能若无其事地把这篇文章从电脑屏幕上隐藏起来，假装自己在写工作上的稿子，真是费心劳神。

你说得没错，那时死了就轻松了。既不用整日抱怨和被抱怨，也不用为这个月的生活费烦恼，可以永远拥有美好的爱情。

但是很可惜，我们还活着。

我们搭最后一班火车来到东京。我提议转搭夜行列车再往北逃，但你认为大城市更便于藏身，找工作也方便。这也不无道理。

我们从八重洲出口走到街上，看到一间小旅馆就进去了。虽然招牌上写的是商务宾馆，实际上八成是情人旅馆。老板娘讶异地看着我们，却并未询问我们的年纪和投宿的缘由，径直将我们领到一个四叠[1]半的小房间，里面只有被褥和老旧的台灯。

"明天就去找工作吧。"你说。

我点了点头，心里却觉得我们是死路一条。因为走得匆忙，我只带了一点零花钱，再精打细算地用，我们两人也撑不到一周。至于你，向来过着身边不带钱的日子。

"我把妈妈的珠宝借来了。"

你给我看小绸巾里包着的红宝石、珍珠之类的戒指，但我不好意思拿去当铺换钱。再说我们这样的年轻人去典当珠宝，对方定然会怀疑从哪里得来的。

从熏得发黑的玻璃窗外，仿佛涌来令人难以忍受的压力。登上

---

[1] 叠，即日本的榻榻米。日本以叠为日式房间的面积计量单位，一叠约合 1.62 平方米。

火车时那种解放的感觉已经烟消云散，年轻带来的无力感令我们心下惶恐不安。

枕边放着老板娘送来的盆，里面是装着白开水的铁壶和两个豁了口的茶杯。我们揭开带着潮气的被子，面对面坐在床单上。

你从包里取出包袱解开时，我注意到除了少量衣物，还有一个茶色的小药瓶。

"怎么办呢？"我说。

"是啊，"你应道，把包袱拉到膝前，拿出药瓶放到盆里，"这是灭鼠用的氰化钾。"

我看着你，你也看着我。

决定了要做的事情后，心情就开朗起来。无须再为今后担忧，可以一心沉浸在此刻对彼此的思慕中。竟然会有这样的幸运啊，我高兴得透不过气来。

我伸出颤抖的手触碰你的手，你略微冰凉的手也轻轻回握。

"怎么办呢？"

我又说了一遍。你没有说话，我们一起倒在床单上。第一次看到、触摸到你的肌肤，我感到已经了无遗憾。你喉间的喘息、细微的呻吟和我的声音交缠在一起，消失在房间带着汗味的空气中。

望着被早晨的阳光染白的玻璃窗，我们茫然地躺在被窝里。

你稍稍欠起身，拿过枕边的药瓶，问：

"该怎么办呢？"

我默默地把药瓶放到榻榻米上，匆忙地再次抱紧你。

我们舍不得死了。前一晚刚刚知晓的快乐，就像井底深处满溢的某种东西，还未向我们展现出全貌。

我们搭中午的电车回到家乡，为引起的轩然大波向双方父母道歉。对我们的监视越加严厉，之后的一年，我们几乎没见过面，但赴死的渴望却早已淡去了，取而代之的是不知多少次回味旅馆的那一夜。

因为败给肉欲而放弃殉情，这是何等懦弱。虽然会有这样的责难，但我至今也不认为当时的决断是错误的。可能你内心有所不满，但正因为选择了活下来，我们才能在数十年间尽情相爱，不是吗？你不这么觉得吗？

不可否认，我们井底深处的东西，如今终究也濒临枯竭的危机。但与其说是出于厌倦，不如说是上了年纪身体逐渐衰老的缘故，本就是无可奈何的事。倒是我们两人默契配合，经过漫长的岁月终于汲取净尽这一事实更值得称赞，你觉得呢？

第二次面临生死抉择，是在我们共同生活了十年之后。

虽然担心提及这个话题会再次点燃你的怒火，但这明显是我的过错，避而不提只会令你更加愤怒，到那时就不是被念几句"不如死了好"的问题了，你责问我的眼神就像在说"去死吧"，让我只有告饶的份。

平常称得上温文尔雅的你，一旦燃起怒火就变得冷酷又激烈。我切身体会到这一点，是在我们之间所谓的"朝颜事件"[1]发生之际。

当时我在出版社工作，出版社的主要业务是编纂出版参考书，因此，常有机会和高中、大学的老师打交道。当时正逢考试热潮不断升温，迫切需要新的参考书、教材，我委托在职教师主编或执笔，陆续出版了《记住必胜的英语单词》《最难物理应用问题集》等书，虽然很忙，日子却也过得充实。特别是《记住必胜的英语单词》，这本书被考生自然而然地称作"记必胜"，成为不断修订再版的畅销书。

你则在高中当英语老师，颇受学生欢迎，也很是忙碌。我看过你编写的《暑假学习参考书》讲义，上面列了不少高中生可以轻松阅读的英语书和好用的习题集，在最后也谦虚地附上了"记必胜"。虽然觉得完全可以在更醒目的地方大大方方写出来，但有洁癖、讨

---

[1] 朝颜，即牵牛花。《源氏物语》第二十章《槿姬》，槿即朝颜的古称。源氏摘下朝颜送给槿姬，有怀念你过去早上醒来时的容颜之意，因此，此花亦有暗示男女发生亲密关系的意味。

厌人情关系的你，却也令我感到可靠又可爱。

那时，我以忙碌为借口，同时也习惯了和你在一起，内心有些放松也说不定。

我们一步一步走到一起，十年时间都过去了，也得到了家人亲戚的认可，渐渐淡忘了彼此相依为命时的严峻和紧迫感。不，你应该会说，你并没有忘吧。没错，忘记的人是我，我真的在反省。

我应该想起来的。我应该想起我们熬过了黑暗的一年，借着分别考上大学的机会，终于得以避开父母在东京重逢的日子；我应该想起忙于学业的同时，我们不断加深彼此的爱和理解，彻夜谈论未来的时光；我应该想起我们顺利找到工作，租了房子终于开始二人世界的那个春天，我应该想起我们是如何说服顽固的父母，一起分担所有的失望，也分享所有的快乐。

我出轨的对象是一个刚刚提交了博士论文的年轻研究人员。如果我写出她的名字，只怕又会让你想起往事，怒发冲冠。虽然如今避而不提也没有意义，这里还是称她为"某人"吧。某人的专业是《源氏物语》研究，我委托她师从的教授主编古日文单词手册，因此认识了她。

某人沉迷于《源氏物语》的世界，不大通人情世故。她不相信现行的婚姻制度，却醉心编织华丽的恋爱画卷，而我，不过是她在画卷角落潦草勾勒的龙套角色，就如同半夜藏在云中的月亮，几乎完全隐没在金色的云彩里。

你大概会嗤之以鼻，觉得我在丢脸地拼命找借口，但事实真的就是如此。

不知该说是风雅还是阴郁，某人爱好在休假的日子调制香料。一天晚上，突然下起雨来，某人把手帕借给我，我大大咧咧地把手帕放在口袋里就回家了。你早就起了疑心，这下终于跟我摊牌。

面对摆在眼前的染着平安时代香味的手帕，我解释说这是工作上的伙伴纯粹出于好意借给我的，但你当然不接受。

"你好像没注意到，当你每次晚回家，第二天早上门口都丢下一朵朝颜。"

也就是说，这是某人特有的做法，幽会次日早晨对我的问候。我实在难以理解，她为何要模仿平安时代到这个地步。

某人是很优秀的研究者，但并无吟咏和歌的才华，因此，朝颜上似乎没附文字。但大门外多次掉落一朵朝颜，换了别人只怕也会觉得怪异和不快。再加上发现我回家时间和朝颜之间的关系，你将这朵花视为第三者的宣战公告，也是很自然的事。

按照通常的看法，某人特意在我家门外留下暗示情事的花，当然是对你的挑衅和宣战。但从某人的性格，以及我和她之间的关系来看，确实也有别的可能。

某人因为一心痴迷于模仿源氏，可能并未多想就送来了幽会次日早晨的问候。她很可能没发现我有你以及我们生活在一起的事。

但即便如此，也改变不了某人行为古怪、神经大条这一事实，弥补不了我与某人发生关系给你造成的伤害。

总之，我先假装一无所知。也不知你用什么方法查到了她的名字，这回我大发雷霆。

但当我看到你咬着嘴唇低下头时，我就无法再虚张声势了。

"我一直以为我们只有彼此，你的心意是我唯一的依靠，可是你并不这么想。"

你沉静的语气中蕴含着贯穿人心的情感，但另一方面，你的这份心意也令我感到压抑，同时又有几分傲慢，觉得你不可能离开我，因此，无论如何都无法坦诚相对。

我当即与某人断绝关系，这场外遇一个夏天就走到了尽头。但我没有告诉你分手的事，你也始终保持缄默，生活仿佛又回到了从前。

然而在你心里，幽暗的怒火依旧在隐秘地燃烧。

我循规蹈矩地在公司和家之间往返，晚饭时和你聊聊一天发生的事情，日子就这样一天天过去，直到那个初觉凉意的秋日夜晚。

我突然醒来，发现你不在身边。等了一会儿，你也不像是去上洗手间。我顿时有种不安的预感，起身下了床。

你坐在狭小厨房的餐桌前，似乎在沉思着什么。水槽上方的小电灯泡孤零零亮着,餐桌上放着一个茶色的小瓶。

"怎么了?"

话刚出口,我悚然一惊,呆站在餐桌旁。小瓶的标签虽然褪色了很多,却还是很眼熟。

年轻时我们满怀激情离家出走,你在小旅馆里珍而重之拿出来的,就是这瓶氰化钾。

"我在犹豫,要不要把它放到明天早上的味噌汤里。"

你这样说道。

"为什么?"

我强忍住腿和声音的颤抖问道。

"我想跟你一起死。如果还要遭遇那种事,不如现在就死掉。"

我发自内心地道歉,恳求你原谅。因为死很可怕,你想不开的样子很可怕,把你伤害到这种程度的自己也很可怕。

也许是我的哀求起了效果,你的态度稍有软化,我借机劝道:

"那瓶氰化钾恐怕早就变质了,那种东西还是早点丢掉吧。"

你面露迟疑,而后拿起小瓶,站起身来。

"那就不放到味噌汤里了。"

我松了一口气,坐到椅子上。你背对着我,打开水槽的水龙头。过了一会儿,你转过身来,双手各拿一个装着无色透明液体的玻璃杯。

"有没有变质，我们现在就试试吧。"

"别做傻事，会死的。"

"我的心已经与死无异，是你杀死的。只有我们两人都死了，它才能活过来。我们来世再毫无芥蒂地一起生活吧。"

我蓦然醒悟过来。我们没有任何保证，没有任何祝福，全凭彼此的爱走到一起，我轻率的过错杀死了你的心，我就必须赎罪。我的爱是你，你的爱是我，我们就这样生活至今，若我爱的那个你死了，我也失去了生存的意义。你心中被杀死的爱就是我，你的心死了，我也就死了。

如今想来，这是何等疯狂的想法，但我的确是无比认真地这样想，伸手拿起放在餐桌上的玻璃杯。你闪亮的双眼看着我。

"你先喝。我不希望我先喝之后，你因为怯懦而独自偷生。"

你如是说着，一边注视着我，一边拿起杯子等待那一刻。

我听说痛苦只是一瞬间的事。与你的爱意不再，往后漫长岁月里的痛苦相比，一瞬间实在微不足道。

我闭上眼，毅然大口喝下杯中的液体。感觉有点苦，有点腥，还隐约带着海水的味道。什么都没有发生。我一直数到十，准备好了忍受胃被烧穿的痛楚，但依然什么都没有发生。

我睁开眼，对面的你悠然举杯喝了一口。

"这是盐水，"你说，"听说临睡前喝对身体有好处。"

因为太过出乎意料，我一时哑然，不知道是该气、该哭，还是该笑，怔怔地望着站起来的你。

"如果你现在不喝，"你的目光很平静，"我就会把氰化钾放在明天早上的味噌汤里。"

"那味噌汤，你也……"

"我当然也会喝。"

我心想，那就好。

从那以后，我都要等你尝过味噌汤后再喝。当然，万一你喝下味噌汤后痛苦起来，我也不会让你久等。

背叛你是多么可怕的事，我已经有了痛彻骨髓的体会。我爱如此激烈的你，若没有这样的刺激，我们两人的生活很快就会走向倦怠，无法维持下去。

既然我已坚定了心意，我希望你也不要轻易就说出"不如死了好"这种话。即使是出于抱怨，我也不愿以死亡为赌注来揣测爱的价值。

我们多次度过危机，将对彼此的爱和理解化为力量。

你很容易走极端，认为爱的终极证明是一起去死。这是你充满激情的一面，也是你的优点。但我觉得，我们不经意间度过的日子，因为活着才能感受到时光安静地流逝，这些也是令人眷恋的，你应该也有同感吧。

所以，什么膝盖很痛行动不灵活啦，早饭的沙丁鱼干我嚼个没完很讨厌啦，能不能不要因为这种琐事就祭出撒手锏，念叨"不如死了好"呢？年纪大了关节会响，牙齿会松动，这是很正常的现象，何不更加乐观地看待我们已经度过的时间，以及你往后还要活出的人生呢？

话虽如此，我还是耐着性子听你唠叨："不管怎样勤奋工作，一想到无法留下我们活过的证据，不觉得很空虚吗？"

五十岁之后，我决意辞去出版社的工作，投身于写作。值得庆幸的是，我写的时代小说获得新人奖，之后也有一些勉强可以维持生活的约稿，每天忙于写作、收集资料和外出采风。你作为资深的高中老师，不仅要上课，还要指导社团活动、参加会议、举办学习会，简直忙得连睡觉的时间都没有。

或许因为我失去了稳定的收入，增加了你精神上的负担，又或许你那时正值更年期也未可知。当我察觉到时，你已经时常郁郁寡欢，终于在一个寒冬的深夜，你来到我的工作室，凄切地诉说："不管怎样勤奋工作……"

"你说'活过的证据'，"我盖上钢笔帽，转身面对你，"是指什么样的事呢？"

"比方说，小孩。"你说。但我们没办法有小孩，这是早就知道的事。

"我不赞同孩子是父母活过的证据这种看法,"我说,"孩子是与父母完全不同的个体,并不是为了让父母的人生充实、圆满而存在,不是吗?"

"话是这么说,"你的眼里泛起泪水,"你的作品就像是自己的孩子一样,所以你才能看得这么开。就算你死了,也会有一两本书长久留存在某个图书馆里吧。"

"我说你啊,书是没有生命的物体好不好。我从来不觉得写的东西是我的孩子。要这么说,你教的学生更像是你的孩子。都说弟子弟子,那也是'子',还是有生命的,如果把你到现在教过的学生当成孩子,你的孩子都数不胜数了。"

我有心劝慰开导你,你却只是悲伤地摇了摇头,离开了房间。

如果你没有选择和我一起生活,你也许会有自己的孩子。想到你失去的选择,我觉得你着实可怜。

但就算我们可以生孩子,年过半百还要努力造人,那也太残酷了。这么多年我们都一起过来了,为什么现在才提孩子的事呢?可能是我们一直很忙,年纪又渐渐大了,你感到孤独寂寞了吧。

本想打起精神,写到告一段落,但你颓丧的神情不时在我眼前浮现,无论如何都挥之不去。我决定今晚就写到这里,关了工作室的灯,来到走廊上。家中一片寂静,我心想莫不是下雪了,从走廊的窗子俯视院子，却只看到被月光照得发白的干燥地面。

你不在卧室里。难道你又胡思乱想了？我急忙下楼走向厨房，就在这时，刚才无人的院子似乎有了动静。

我打开客厅扫除窗[1]的窗帘，下一瞬间，我拉开窗子，光着脚冲到院子里。我呼出的白气粗重绵长，看得格外清晰。

你把脖子伸进挂在柿子树上的绳圈，踢倒了啤酒箱。几乎同一时间，我扑过去紧紧抱住你，把你的身体撑住。

"你在干什么！"我大叫。

我抱着你的腰臀部，使出全身力气把你往上托。我的额头正抵在你胸口，感受到你的体温和心跳。

你沉默地把手放在我的脖子上。我被你死死勒住，因为痛苦、难堪和滑稽几乎抽噎起来。为了阻止别人上吊自杀，反而被挂在树上的人勒住脖颈，世界上怎么会有这种事啊。

如果我松开手，或是失去意识，被你勒死，那就意味着你也会死。我拼命用脚尖把翻倒在地的啤酒箱钩过来。

"先听我说，先听我说。"

我勉强抬起头，月光从后方映照着你，宛如佛像头顶的圆光。你低头看我的表情是如此清透澄澈，完全不像是正在用力勒我。

---

[1] 日式房间里为将室内垃圾清扫出去，在紧接地板的地方开设的小窗子。

"你先把脚放在这里。"

我满脸眼泪鼻涕地哀告。你似乎被我打动了,就像仙女下凡般,从脚尖开始将身体重心移到啤酒箱上。你的手松开了我的喉咙,我两手撑在膝上,不住咳嗽。

你渴望着死亡,并且要诱使我一起去死,这真是你的坏习惯。

稍微缓过一口气,我小心地站上啤酒箱,从你背后伸手过去解开绳圈。你可能是狂热的情绪已经消退,老老实实地站在那里。

终于解开绳圈后,我松了口气,更加用力地抱住你紧贴着我的身体。

我们的影子投在深夜的地面上,宛如被风吹动的蓑蛾、海中彷徨的怪鱼,黑沉沉地摇曳着。

从那以后,我尽量不在你面前提及和孩子有关的事。像朋友熟人喜得孙子的话题,对最近常见的虐待儿童新闻的看法,我都很注意不在饭桌上顺口说出来。

更有甚者,一旦播到朝颜市的新闻我就立刻换台,去京都也不会买香料当伴手礼,连香水也坚决不碰。

我并不是不得已才这样做。既然想和你共同生活下去,注意这些细节是必不可少的,我也就很乐意做到。连沙丁鱼干我都是尽可能快速嚼碎吞下去。

怎么样？你说的"那时候死了就好了"，指的是不是我猜测的这三个时间点呢？希望我猜对了。

若是这样，我想问你，你真的觉得我们那时候死了就好了吗？

你说了五十八遍的"那时候死了就好了"，我当然知道只是抱怨，并不是真的这么想，但我感到厌烦的同时，也心生不安。

如果你真的后悔了，我该怎么办呢？

我们现在的健康状况比较起来，我显然会比你早死。

倘若你出乎意料地比我早走一步，那没有任何问题。我会照看你，回忆着我们的往事，等待生命走到尽头。

但若是如预期那样我先死，我担心你会追随而去，因为你觉得一起去死是爱的证明。当然我也知道，那是你的一种策略，是你表达心情的方式，是对我的不满和愤怒达到顶点时的爆发。到如今，你对我的眷恋和激情或许已经耗尽，你或许会淡淡一笑了之，觉得随我而去是很荒唐的想法，我死了你更能自由自在地生活。

如果是那样，就也还好。

我从未用语言表达过我对你的感情。虽然曾对令尊说过"请允许我和她交往"这样的话，却没有向最重要的你明确表露过好感。当然那个时代不流行表白，我也相信不说出口你也知道。

只是，我总觉得最后应该形诸文字，送给可能会被独自抛下的你。于是我忍受着你诸如"你在工作吗""熬夜可不好，你这岁数已经熬不起了"之类的念叨，这几天来费尽心思，一口气写下我们的过往。我的眼睛如今已疲劳到了极限。

留在电脑里的这篇文章，希望在我死后你能看到。你不会用电脑，这一点让我很担心，我会嘱托相熟的编辑，等我死了立刻来整理电脑。

希望你看过这篇文章，能将对自己和人生的隐隐后悔、淡淡遗憾悉数拂去，生出活下去的意愿。

"那时候死了就好了。"

你如是说。我们确实曾经几次接近死亡，若是当时选择一同死去，就可以从苦恼中解脱，我们的恋情就此画上完美的句号，或许还能赢得世人的几分同情。

但我还是坚定地认为，我们选择活下来是对的。虽然总把"死吧"挂在嘴边，还差一点就付诸行动了，却还是莫名地因为情势和氛围而止步。到如今，我们连打开海苔酱的瓶盖都很费劲，上个缓坡膝盖也痛到不行，已经老得无法打开早已无害的氰化钾瓶子，或是把绳子挂在柿子树上了。

到了这时候，我终于可以确定地说，你很重要。已经超越了喜欢啊爱啊这种浅薄的词语，连你的抱怨和唠叨也包括在内，你对我很重要。

正因为遇到了你，和你一起生活，我才能深切地体会到活在这人世间的意义和感情。但愿对你来说,我也是这样的存在。

你投出的白球化为太阳般耀眼的箭,到现在仍深深地插在我胸口。

等我火化以后,一定会出现那天我看到的爱情之箭,你不妨在骨灰里找找看。

把它砸碎了做成漂亮的项链,或是抛向夜空化为星星,或是埋进牙龈代替你掉落的牙齿,你尽可随意处置。

我的一切都属于你。与你共同度过的漫长岁月,我的生和我的死,一切都属于你。

初盆的客人

你们在搜集奇异的故事传说啊，最近学生们调查的事情真有意思。

这一带确实有很多老房子，如你们所见，我家也很老旧了，这我还是挺有自信的。

哎呀，谢谢。我们家确实务农多年，不过很可惜，我爸妈都下田去了，爷爷在我出生前就已过世，奶奶四年前也去世了，所以现在家里没有人能讲狐狸新娘、仙鹤报恩之类的故事。

不过，你们大老远从东京的大学来调查，如果不嫌弃，我可以讲一个我亲身经历的、有点不可思议的故事，不过可能没办法当成民俗学的研究对象就是了。

我的年纪应该比各位同学大上一轮，没有很年轻，但也不算很老。我这一代人电脑、手机都用得很纯熟，完全不在乎迷信，在电视上看到超能力者也只觉得可疑。

但我还是遇到了无论如何都没法解释的事。

这不是村里老人代代传下来的故事，这也可以吗？

那个男人是在阿梅奶奶初盆[1]时到来的。

这一带在长野也算是海拔高的，盂兰盆节的时候天气已经很凉了。但站在门口的男人穿着黑西装，打着黑领带，有种不合时宜的古板，那副打扮看起来就很热。他的西装紧绷得简直有点土气，村里的人初盆的时候去别人家里拜祭，穿得都很日常。

我在这里出生长大，借着考上短期大学的机会去了东京，就在东京找了份工作。后来我跟交往很久的男友分手了，我们本来是打算结婚的，因此，我很受打击，那年盂兰盆节便回了老家，想要调剂一下心情。

村里几乎没有过了三十岁还单身的女性，父母虽然什么也没说，但左邻右舍的眼光令人烦躁，有时心情也难免郁闷，但我已经许久没回故乡，很想放松一下，更重要的是，这是阿梅奶奶的初盆，奶奶生前非常疼爱我。

为了参加阿梅奶奶的初盆，亲戚们都来了家里，我的姑妈们和表兄弟姐妹，还有同样在东京工作的弟弟也回来了。

---

[1] 指亲人过世后迎来的第一个盂兰盆节。盂兰盆节是日本传统节日，大多在公历8月13日至8月16日进行。

不过,那个男人来访时,其他人都不在家,就跟今天一样。

我弟弟跟从小一起长大的朋友出去玩了,爸妈和三个姑妈带着她们的小孩,不知是去帮忙准备夏日祭典,还是分头去拜访初盆的人家了。对了,我可能是因为回到老家松了口气,前一天晚上有些发烧,所以为了保险起见,就让我留下来看家。

今天?今天没问题。我一个人看家是因为正在休产假,已经八个月了,不过看不太出来吧。我结婚后,辞去了东京的工作,回家和爸妈住在一起。哎呀,讨厌,结婚的对象跟失恋的对象不是同一个人啦。呵呵,没错,是入赘。我弟弟说不想在乡下生活。我先生在邻镇的公司工作,我是邮政局的非正式员工,打算等孩子生下来,稍微安定一点就回去上班。

刚才说到哪儿了?啊,对。

穿黑色西装出现的男人说:

"我是及川梅女士的远亲,名叫石塚夏生。我想到她的灵位前祭拜一番。"

男人年纪在三十岁上下,身材瘦削而挺拔,长得很帅。

不过我不是因此才让这个自称石塚夏生的男人进门,带他去佛堂的。虽然没听说有叫石塚的亲戚,但人家初盆时来祭拜,总不能拒之门外。我觉得不会有人伪装成初盆的来客,闯到这种深山里抢劫。这个村子里的人家都是不锁门的。

阿梅奶奶在佛堂的遗像里微笑。添加了阿梅奶奶戒名的崭新牌位跟其他若干祖先的牌位并列，前面供奉着许多水果和点心。

石塚跪坐在佛龛前，从口袋里取出念珠，久久地合掌默祷。佛龛两侧纸罩蜡灯的灯光，将他的脸颊照得发白。我在佛堂旁边六叠大的房间里准备茶点，一边悄悄窥伺石塚的动静。

石塚终于转过身，从敞开的纸拉门处跨过门槛，来到六叠大的房间。我奉上冷麦茶和配茶的点心，石塚行了个礼，在矮桌前坐下，又是正襟危坐。

"请随意坐吧。"我说道。

石塚依然端坐不动，说了声"那就不客气了"，端起茶杯做了个样子，也没有去拿点心。虽然他礼貌周到，却给人十分古板的感觉。

挂钟的黄铜钟摆来回晃荡，指针在沉重地走动。我不想忍受沉默，开口道：

"真不凑巧，家父刚好不在家。我十来岁时就离开了村子，跟亲戚的来往不多。不知道石塚先生和我祖母是什么关系呢？"

石塚似乎有些犹豫，但还是微微抬起头，直视着我。

"令祖父是及川辰造先生吗？"

"是的，不过他多年前就过世了，我没有见过他。啊，忘了说了，我叫及川驹子，家父寅一是辰造爷爷的长男。"

"那我们就是表兄妹了。"

我搞不懂这是怎么回事。阿梅奶奶和辰造爷爷生了我爸爸和爸爸的三个妹妹，父亲这边就不用说了，母亲那边的亲戚也没有姓石塚的。我的表兄弟姐妹我都认识，或者说，我以为我都认识。

"很抱歉让您混乱了，"石塚微微低头致歉，"我想令尊应该知道，及川梅女士和辰造先生结婚前，跟别的男人结过婚，也就是……我的祖父，石塚修一。"

"哎呀！"我太过震惊，一时不知该说什么，"我还是头一次听说。"

"是吧。阿梅女士——也是我的……祖母，请容我叫她阿梅奶奶。阿梅奶奶跟及川辰造先生再婚，是有一些缘由的。"

一直不知道的表兄的出现，让我有些兴奋，向来温柔沉静的阿梅奶奶似乎有着不为人知的过去，也激起了我的好奇心。既然石塚是表兄，我也就少了些拘束，于是问道：

"是怎样的缘由？"

"我会说明的。也请您告诉我阿梅奶奶的事，让我知道这个家庭的氛围。"

石塚扫视着六叠大的房间、佛堂和粗大屋梁下方的土间[1]："跟

---

[1] 日本传统房屋中，生活起居的空间被区分成高于地面并铺设地板的区域，以及不铺设地板、与地面为同一平面的"土间"，"土间"是与屋外相连的进出之处。

您稍微聊了一下,感觉得到阿梅奶奶很受家人敬爱,过得很幸福。但在阿梅奶奶生前,我跟她几乎没有接触过,希望您能详细地告诉我,她过着怎样的生活,临终前是怎样的情形。"

"嗯,当然。"我一口应承。

门外,蝉在拼命地鸣叫,仿佛要赶走秋日的气息。

"我是从佐贺县的唐津过来的。我的家人和亲戚几乎都住在佐贺和福冈。阿梅奶奶也是唐津人,和同样生长在唐津的石塚修一结了婚。当时阿梅奶奶二十岁,修一二十五岁,那是昭和十八年的事。"

石塚所说的事,听来就像发生在一个遥远的世界。长野跟九州[1]隔得很远,一九四三年也是久远的往昔了。阿梅奶奶是在什么时候,因为什么机缘成为我认识的奶奶呢?我专注地听着石塚的话。

"阿梅奶奶的婚姻生活极其短暂,因为修一很快就应征入伍。阿梅奶奶抱着刚出世的绿生——也就是我父亲,等着丈夫回来。然而从南方回来的复员士兵带来了修一死亡的消息。"

"怎么会这样……所以阿梅奶奶再婚了?"

---

1 佐贺县和福冈县均属于九州岛。

"是的。她跟婆婆关系不好，在石塚家也很难待下去吧。所以她留下幼小的绿生，嫁给了长野的及川辰造先生。"

阿梅奶奶不得不抛下儿子，该有多么难过啊。想到这里，连我也伤感起来。

我爸爸在区公所上班，妈妈忙于田间劳作，我和弟弟都是阿梅奶奶一手带大的。生性坚毅又温柔的阿梅奶奶，是我们最亲近的大人，也是我们的玩伴。阿梅奶奶对儿孙是非常看重的。

尽管如此，至少我从未听阿梅奶奶提过绿生先生。他是我爸爸的异父兄弟，也是我的伯父。

我想，阿梅奶奶应该一直只在内心呼唤绿生先生的名字吧。

"但阿梅奶奶为什么从唐津远嫁到长野呢？我爷爷辰造认识石塚先生吗？"

"石塚修一和及川辰造先生是表兄弟，修一的父亲和辰造先生的母亲是兄妹。因为这层因缘，决定了阿梅奶奶的再婚对象。"

我一时理不清楚关系，不由得叹了口气。

"得画个家谱才能捋明白。"

"可不是，"石塚笑了，"所以您和我是表亲，我们的祖父也是表兄弟。"

"总之我们是远亲就对了吧？"

"是的，"石塚依旧没动配茶的点心，"阿梅奶奶是生病过世的吗?"

"是肺癌,享年八十四岁。阿梅奶奶抽烟。"

说到这,我把供奉在佛龛前的 Golden Bat 拿了过来:"她一直抽这个牌子。"

"真怀念,现在还有啊。"

"是啊,我小时候经常替她去买烟。听说我爷爷辰造也抽这个牌子,他也是肺癌,四十岁左右过世。"

我把那包香烟放在矮桌上,石塚珍惜地打量着。阿梅奶奶的记忆霎时都涌上心头,我一说就停不下来。

"阿梅奶奶很擅长女红,每年夏天都给我们做新浴衣。我家事课的课外作业,从抹布、围裙到裙子,全是阿梅奶奶帮我做的。而且她是个很有胆量的人,连蛇都随手就抓了来,还会酿蝮蛇酒卖给邻居,赚点零用钱。"

"真是个令人愉快的奶奶啊。"

"是啊,我去了东京后,就很少见面了……当我听说奶奶状况不好,急忙赶回来时,已经迟了。不过她年纪大了,病情进展得也慢,一直到最后的日子,应该没受多少苦。"

话虽如此,病魔侵犯到肺部,哪有人会无痛无觉。想到阿梅奶奶坚强地忍受着病痛,我的声音不禁颤抖了。石塚默默地聆听着。

"家父和姑妈们都感叹说:'竟然跟爸爸抽同样的烟,也因为同样的病而死。'就像是再现了辰造爷爷的死法一样。"

"阿梅奶奶和辰造爷爷，夫妻感情很好吧？"

"好像是。我甚至觉得，阿梅奶奶早已有了思想准备，毋宁说，她很希望和辰造爷爷生同样的病。"

"为了体会同样的痛苦？"

"为了分担痛苦，然后去到辰造爷爷在等她的死后世界。不过，这只是我的胡思乱想罢了。"

"我倒不觉得是胡思乱想。现在阿梅奶奶和辰造先生应该在那个世界一起抽着烟吧。"

石塚有些落寞地微笑。

我这才意识到，刚才说的话可能不太妥当，听起来就像是阿梅奶奶一心思念着辰造爷爷，全然忘了前夫石塚修一似的。石塚是修一先生和阿梅奶奶的孙子，这话他听了肯定不会舒服。

为了准确描述事实，我决定详细说说阿梅奶奶的死因。

"那个，刚才没来得及说，阿梅奶奶的死因是肺癌，但也是饿死。"

"饿死？那也太不寻常了吧？"石塚似乎很震惊，"不过，也没有什么很寻常的死法就是了。那究竟是怎么回事？"

"那是……阿梅奶奶从过世前十天开始，就坚决拒绝进食。当时她的意识还很清醒，也还有点力气吃流质食品。但她斩钉截铁地说'不用了，谢谢'，之后就再也不开口。想给她打点滴，她也立刻把针拔了。"

当我接到奶奶病危的消息，从东京直接赶到医院时，阿梅奶奶已经瘦得皮包骨头，静静地躺在病床上。想到当时的情景，我不禁眼含泪光。

"家人聚在病床前呼唤她，阿梅奶奶微微睁开眼睛，但似乎已经不大认得我们了。她凝视着空中，轻轻点了两三下头，合上了眼睛。然后发出'嘶——'的一声，像被什么牵扯着似的，呼吸逐渐微不可闻。这就是阿梅奶奶临终的情形。"

"这样啊。"

石塚将双拳放在跪坐的腿上，低头沉吟了半晌，终于又转向我："抱歉叨扰了这么久。不过，听了您刚才的话，我想起有件事要告诉您。"

"只要是跟阿梅奶奶有关的事，我都很想知道，请尽管说。"

"我的父亲绿生……"石塚露出苦涩的神色，"或许不是石塚修一的儿子也说不定。"

我好一会儿才反应过来。

"什么？"我忍不住提高了声音，"您是想说，阿梅奶奶有过外遇？"

"我相信不是这样。不，我想相信不是这样。"

石塚终于不再正襟危坐，改为盘腿坐着，低垂着头："请听我把话说完，再告诉我您的想法。"

说罢，他讲述起一个着实不可思议的故事。

刚好到下午茶时间了，喝茶吃仙贝怎么样？不不，没有卖关子的意思，只是说着说着肚子就饿了。

说起来，石塚也说过"请不要打岔"。那时应该也刚好是下午茶时间，我从厨房拿来了仙贝。因为我要专注听石塚说话，顿时就觉得肚子饿了。

石塚起初显得有些扫兴："我就要开始说了，您怎么这个时候去拿仙贝呢。"

我说："因为肚子饿了就没法专心听您说话。"他似乎接受了这个解释，终于笑了起来。

我请石塚吃仙贝，他还是没有吃。我想他大概是不吃零食，但当着客人的面自个儿吃点心，总归是很不自在。

来，各位不用客气。你们在村里走了一天吧。冷麦茶也还有，不妨再来一杯噢。

"'饿着肚子打不了仗'，这还真是真理。"

看着我啃仙贝，石塚说道。放在他面前的那杯冷麦茶已经回温，杯子外面不再挂着水珠了。

"我刚才说过，我的祖父石塚修一和阿梅奶奶的婚姻生活极其短暂。事实上，只有一晚。"

"一晚？为什么只有一晚？"

"因为修一被征召入伍，第二天一早就要出发。他们是在出发前一天匆忙举行了婚礼，当时这种事很常见。"

可是仅相处一晚，爱和理解都无从谈起吧。跟第二天就要分别，很可能再也回不来的人结为夫妇，总有种奉父母之命结婚的感觉，我觉得这种做法很过分。当然，父母应该是出于"不忍心让儿子就这样入伍""年轻男人越来越少，女儿若迟迟嫁不出去太可怜"的心态吧。

"所以令尊绿生先生不是那晚怀上的孩子？"

我自觉说得很露骨，说话的时候脸都红了。

"很遗憾，日子对不上。"

石塚低头看着自己盘起来的、黑色长裤包覆下的小腿。"阿梅奶奶举行婚礼是在一九四三年十月，绿生出生是在一九四五年八月。"

我在脑子里算了算，情绪顿时陷入低落。

"那阿梅奶奶果然……"

"出轨——当时可能叫作偷情——所有人都觉得她出轨了。阿梅奶奶跟婆婆关系恶化，也是从绿生出生开始的。阿梅奶奶和周围的人，都是直到临产才发现她怀孕了。"

"还有这种事？"

"据说确实有很多孕妇因为不太显怀，或是以为只是身体不好，直到快生产时才发觉自己是怀孕了。但阿梅奶奶一口咬定，绿生是修一的儿子。"

"那恐怕说不过去吧。"

"阿梅奶奶并没有和丈夫以外的男人有过私情，所以做梦也没想到会怀孕。从这个角度来看，到临产前都没发现怀孕也就可以理解了。"

"可是，绿生先生在修一先生离开近两年后才出生，为什么要坚持说他是修一先生的儿子呢？从一九四三年十月怀孕到一九四五年八月，实在不符合常识。"

"没错。但也有人相信阿梅奶奶的话。原因之一，是绿生虽然还是个婴儿，模样却可以说酷似修一；另一个原因，是一九四四年十月——这个倒推起来可能怀上绿生的时期，阿梅奶奶说她做了一个梦。"

"就是晚上做的那种梦？"

"是的。阿梅奶奶在吃早饭的时候，高兴地跟公公婆婆说：'修一一定活得好好的。我昨晚做了一个梦，修一站在不知哪里的森林深处,他看到我,笑着招手叫我过去,给了我一个很大的瓜。我把瓜切开吃了,瓜瓤是透明般的白色,甜美又多汁,好吃极了。我递了一半给修一,他摇摇头,叫我全吃了。于是我把子也吃了下去,啊,正觉得有点苦的时候,就醒过来了。日本没见过有那种大黑子的瓜。'"

吃一个瓜的梦描述得这么细致,阿梅奶奶在那时恐怕没少忍饥挨饿。

"这件事阿梅奶奶的公公——也就是修一的父亲——记得很清楚。因为绿生长得跟修一一模一样,公公想起了她说的这个梦,'原来如此',梦到吃瓜不正是怀孕的象征吗?儿子修一是在梦里来见媳妇了。公公承认绿生是修一和阿梅奶奶的儿子。阿梅奶奶再婚时,不得不抛下绿生,就是因为公公不放手,他说:'绿生是修一的儿子,是石塚家的继承人。'"

听着石塚的述说,我还是觉得难以置信。怎么可能因梦怀孕呢?虽然不想承认阿梅奶奶有外遇,但只共度一晚的丈夫不在身边,不经意间被别的男人乘虚而入也是情有可原。我在内心如此替阿梅奶奶辩护。

"这件事您是听谁说的呢?"我问石塚,"是令尊绿生先生吗?"

"不是……父亲在我一岁时就因意外去世了,刚好是我现在这个年纪。这是我听母亲说的,母亲是听丈夫绿生说的,绿生是从修一的父亲，也就是阿梅奶奶的公公那里听说的。"

"所以是石塚家的人代代相传下来的。确实是个不可思议的故事。"

"阿梅奶奶说绿生是修一的儿子，您一点都不相信呢。"

石塚看透了我的心思，淡淡一笑："这也难怪。不过，不可思议的事情还在后面。"

石塚修一死亡的通知是一九四六年三月送来的。阿梅奶奶本来就因为生了绿生，整日被周围的人冷眼相待，得知丈夫去世，她终于卧床不起，应该是因为最后的希望也断绝了吧。

"但对阿梅奶奶的责难却逐渐减弱了一些。"石塚说，"把修一死亡的消息带回故乡的，是和他同一个部队的男人。他们被分派到南方的布干维尔岛上，修一临终前，就是这个男人照看的。布干维尔岛上经常与美军发生小规模战斗，日军的补给路线被切断，陷入粮食短缺的困境。战争结束后，男人好不容易回到了日本，但修一一九四四年十月在岛上饿死了。"

"饿死？而且是在一九四四年十月？"

这纯粹是巧合吗？饿死正是阿梅奶奶坚定选择的死法，而一九四四年十月，也恰好是阿梅奶奶梦到吃瓜的时候。我不由得大感兴趣。石塚见我停止吃仙贝，探身向前，显得有些高兴。

"据男人说，修一临死前几天，提到他做了一个瓜的梦。"

"啊？"

我忍不住惊叫一声。难道修一先生和阿梅奶奶在同一天做了同一个梦？虽然不知道布干维尔岛在哪里，但那是个比唐津和长野之间距离还要遥远得多的南方岛屿。

"当时已经很衰弱的修一，跟男人说他做了这样一个梦。'我妻子到了岛上的森林里，让我吃了一惊。喏，就是我们部队以前开垦过的，东边的斜坡再往里走一点那里。她看起来很有精神，我就放心多了。我递给妻子一个刚摘下来的瓜，她吃得很香，还要分一半给我，我叫她全吃了，于是她连很大的黑子都吃下去了，好笑吧？'"男人把修一的遗发安置在佛龛前，流着泪又说："石塚一直很挂念留在日本的家人，他得了热病，也没多少东西吃，已经瘦得不成样子了，在梦里却连瓜也没碰，很开心地说全给太太吃了。一直到死，他都深切地思念着太太。"听了男人这番话，阿梅奶奶和公公婆婆都哭得撕心裂肺。

"还有这种事？"

我有种做梦的感觉，不由得又问了一次。

"我不知道。"石塚回答，"不过，这个男人从一九四三年和修一同时被征召入伍，到一九四六年三月好不容易捡了条命回来，其间一次也没有回过日本，不可能跟阿梅奶奶统一口径。"

快到傍晚时分了，家里还没人回来。六叠大的房间里，我和石塚默默地相对而坐,从隔壁的佛堂飘来的线香香味分外浓郁。

"话虽如此,阿梅奶奶和婆婆之间的芥蒂并没有化解,就如我刚才所说的,她最后再嫁了长野的及川辰造先生。"石塚沉静地说,"好了,您听了这个故事,有什么感想呢?"

"我不知道应该怎么想。"

我感到很困惑。以常识来说,阿梅奶奶和修一先生做了同样的梦只是巧合,绿生先生应该是阿梅奶奶和修一先生以外的男人生的孩子。

绿生先生长得和修一先生一模一样也很容易解释。如果那个男人是石塚家的某人——虽然这样设想令人不快,但假如是修一先生的父亲,绿生先生长得像修一先生也就是理所当然的了。可是……

"我觉得阿梅奶奶的确并没有出轨。"

我坦率地向石塚说出自己的感受。不论如何违背常理,我总觉得要是有这种不可思议的事情就好了。不,应该会有这种不可思议的事情吧。

阿梅奶奶在梦里吃了丈夫递给她的瓜,然后就怀孕了。

"其实石塚先生也是这么想的,不是吗?"我反问道。

石塚绽开了笑容,之前说"我想相信"时的烦恼仿佛是假象一般。

"是啊……是的。阿梅奶奶没有出轨,我是阿梅奶奶和修一的儿子，不对，是孙子。您和我因阿梅奶奶而成为表兄妹，是这样吧？"

"对。"

我也笑了。但随即心有所感，有点难过地低下了头。

石塚似乎察觉到了我情绪的变化，觑着我的脸问："怎么了？"

"我忽然想起来……阿梅奶奶去世后，家里人曾经说过：'辰造爷爷都过世四十多年了，阿梅奶奶还是要模仿他的死法，就好像追随他而去一样。'"

"是这样没错吧。"

"不，不是。我觉得阿梅奶奶是借由拒绝进食，追随六十多年前亡故的修一先生而去。"

想到阿梅奶奶爱石塚修一先生胜过我的祖父，我不禁有些失落，因为我一直以为阿梅奶奶是只属于我们的。我没见过的辰造爷爷现在应该也很受打击，他一直在等待妻子，相信她终有一日会到来，结果她没来自己身边，而是去了前夫那里。但愿辰造爷爷在那个世界不要自暴自弃吧，我叹了口气。

石塚望着佛堂的遗像，似乎在思考什么，而后小声说道：

"一定要在两个人中间选一个吗？"

"什么？"

"阿梅奶奶应该并没有做出选择。她爱辰造先生，也同样爱着修一先生，这样理解如何？"

我听出了石塚的言外之意，心情愉快起来。

"阿梅奶奶无法从两个丈夫中选择一个，所以她学辰造爷爷抽烟，不知该说是如愿以偿还是运气不好，最后竟真的得了肺癌。当她知道生命将到终点时，又断绝饮食，以体验和修一先生同样的境遇。她对两任丈夫的爱是相同的，这都是为了同等地追随而去。石塚先生想说的是这个意思吧？"

"对，我是想这么看待的，会不会错了呢？"

阿梅奶奶在想些什么，还是什么都没想，如今已无人知晓。两任丈夫她更爱谁，还是无法比较，或是两个都很爱，这也没有人知道。

不过，我非常喜欢石塚的想法。

"我觉得这想法很好。"我答道，"只是丈夫过世几十年后才追随而去，阿梅奶奶可真够慢条斯理的。"

"不是追随而去，而是隔着许久时差的殉情，这样想如何？"

石塚开玩笑般地说，这次我发自内心地笑了。

"也就是花了几十年时间，三个人一起轰轰烈烈地殉情？"

正因为阿梅奶奶深爱着两任丈夫和儿孙，又很长寿，才得以完成这样的伟业吧。

确信了阿梅奶奶的爱情后，石塚和我都心满意足。

"石塚先生，今晚请在寒舍小住。家父很快就会回来，姑妈和表兄弟姐妹这个盂兰盆节也都休假回了老家，他们知道您来了，一定很高兴。当然，在那个世界的阿梅奶奶也会很高兴。"

"不，不用了。我是冒昧登门，请不必在意。而且我没办法久留。"

"哎呀，真遗憾。您是之后还有约？"

"算是吧，"石塚探询似的打量着我，"对了，您……"

"我叫驹子。"

"驹子小姐结婚了吗？"

好不容易才忘掉的失恋伤痛又被揭开，我不禁在内心哀叹起来。

"没有。"

"要是能找到不错的对象就好了。"

"这么说来，石塚先生结婚了吗？"

"结了，很早以前就结了，还有两个孩子。"

那时我根本不想考虑结婚的事，于是不着痕迹地转移话题。

"您回去的话，是去车站搭车吧？最后一班公交车是五点四十分，我开车送您到车站。"

"不，不用了。"

"别客气。还是说住上一晚？"

"那也不太……"

"那就这么定了。请等我十分钟,我得先给电饭锅定个时。"

就在我走向位于土间的厨房时,石塚开口说道:

"我可以抽这包烟吗?就当是祭奠阿梅奶奶。"

"可以啊,请抽吧,"我回答,"矮桌上有烟灰缸和打火机。"

从六叠大的房间传来石塚点火的声音。

嗯,佛堂里那张遗像就是阿梅奶奶,很温柔吧。旁边的照片是辰造爷爷。

我到现在也相信阿梅奶奶是在梦里怀的孕,相信她是效仿辰造爷爷和修一先生的死法,花了几十年时间和两任丈夫一起殉情。

大概也会有人觉得阿梅奶奶态度暧昧不明。如果能够清楚认定更深爱哪个丈夫,确实更爽利痛快,然而难以取舍,无法衡量,或许才是爱情的本来面目。

对了,这个故事还没说完。你们时间来得及吗?这样啊,你们是租车来的?那我把故事讲完。

刚才说到石塚在六叠大的房间——就是我们现在所在的这个房间——抽 Golden Bat,我在厨房给电饭锅设好了定时器,拿着车钥匙回到这里。

但石塚已经消失了踪影。没喝过的麦茶、没动过的茶点都还在原位，只有石塚不见了。矮桌的烟灰缸上，没抽完的烟还有很长一截，冒着细细的白烟，像是临时放一下的感觉。

他若是去上洗手间了，也会跟我打个招呼吧？我慌忙在家里找了一圈，依然没找到石塚。

我不禁毛骨悚然。就算他是趁我在厨房的时候离去的，只要经过土间走到门口，我绝对会发现。你们也看到了，设有厨房的土间视野很开阔，地方也并不大。

对，也有可能是从房间的窗户翻出去，直接到了院子里。但他的鞋怎么办呢？石塚是在土间脱的鞋，他如果去拿鞋，我一样会注意到。

石塚就这么突兀地消失了，他的鞋也不见了。

我是做了场梦吗？难道是因为还在发烧，产生了幻觉？可是他抽过的烟、那杯麦茶都还在矮桌上，显然确实有客人来过。

这种怪事让我百思不得其解，怔怔地坐在六叠大的房间里。我爸妈和姑妈们终于回来了，我迷惘地跟他们说了事情经过，他们都很惊讶，最后父亲说：

"阿梅奶奶在跟老爸结婚前，的确嫁过唐津的石塚先生，留在那边的孩子也确实叫绿生。因为老妈很少提起，我对这个异父哥哥的事也不太清楚。绿生先生约在三十年前过世，当时他太太联系过我们，老妈可能是有所顾虑，又或是觉得抛弃了儿子心中有愧，最后没去参加葬礼。"

我拜托父亲告诉我唐津石塚家的联系方式。石塚夏生为何不告而别,我实在很纳闷。

绿生先生过世已有三十年了,父亲知道的住址里可能已经住了别人。即使他们没有搬家,石塚夏生应该也还没有从长野回到唐津。

但我还是坐立不安,拨下陌生的外市号码,打电话到唐津的石塚家。

"喂,这里是石塚家。"

接电话的是个听起来跟我年纪相仿的男人。太好了,他们没搬家。我松了一口气,吞吞吐吐地说明了事情经过,请他转告石塚夏生先生,回来后给长野的及川家打电话。

"我不太明白您的意思,"电话另一端的男人声音里明显透着警惕,"我就是石塚夏生,但自从高中去长野研学旅行后,我已经十五年没去过了。"

我感到一阵晕眩。

在家里待到傍晚的石塚夏生,和接电话的石塚夏生声音完全不同。如果接电话的男人说的是事实,那来我家的石塚夏生又是谁呢?

我搁下话筒,混乱和害怕让我几乎哭出来。我把电话的内容告诉了守在旁边的父亲，父亲也吃了一惊，自己打电话到唐津的石塚家，详细解释了来龙去脉。起初很讶异的石塚夏生应该也明白这并不是骚扰电话了。

"家母比较了解情况，我请她来接电话。"他说。之后绿生先生的遗孀和父亲聊了很久。

八月的最后一个周末，我和从长野过来的父亲在羽田机场会合，直接飞往九州。经过漫长的旅程，终于在黄昏前抵达了那座整洁美丽的城下町[1]。

石塚家位于距离唐津车站约五分钟车程的地方，出来迎接我们的石塚夏生果然是另一个人。来访的石塚夏生身材瘦削，给人以严谨守礼的感觉，而跟着母亲兄嫂生活在唐津的石塚夏生却是个体格健硕、个性豪爽的人。

当我被领到打扫得一尘不染的客厅，看到石塚家的相册时，我觉得所有的谜团都解开了。照片里站在妻子身边，抱着两个幼子微笑的绿生先生，三十年前就因意外去世的绿生先生，正是来到我长野老家的石塚夏生。

"也就是说，冒用我的名字出现在及川先生家的，是老爸

---

[1] 指以诸侯的居城为中心发展起来的城市。唐津市中心街区的前身是江户时代唐津藩的城下町。

的幽灵?"真正的石塚夏生困惑地眨着眼,"他为什么要做这种事呢?"

"别看你爸爸外表很严肃,其实是个爱开玩笑的人,"绿生先生的太太,也就是夏生的母亲由美女士说,"对不起,亡夫给府上添麻烦了。"

在场的人面面相觑,然后都笑了起来。替过世多年的亡夫郑重道歉的由美女士很好笑,我们恍然明白——"原来如此,是绿生先生的幽灵啊",也挺好笑的。

"外子很小就跟母亲分开了,他一直很记挂几乎没什么印象的母亲。"由美女士收起了笑容,略带沉郁地说道,"母亲爱自己和父亲吗?现在生活得幸福吗?他似乎很想知道。大概就因为这样,才会在阿梅女士初盆时登门叨扰。"

"那也没必要用我的名字啊。"

夏生插嘴道,大家又笑了起来。

"总不能自称是早就过世的绿生吧。"

由美女士微笑着望向佛龛上丈夫的照片。

我和父亲跪坐在佛龛前,合掌祭拜修一先生和绿生先生。对不起,我们独占了阿梅奶奶。但阿梅奶奶一定也非常牵挂修一先生和绿生先生,直到生命的最后一息。

我想起了阿梅奶奶临终时的眼神。她望着空无一物的地方,仿佛在回应某人的呼唤般轻轻点头。

修一先生、绿生先生和辰造爷爷来迎接她了，阿梅奶奶可能是这么想的。

之后，我和父亲接受了石塚家的款待，愉快地吃喝到深夜。

"就算老爸很想知道，"夏生说，"也不用专程跑到及川先生家吓到驹子小姐啊。"

"这话怎么说？"

"想知道什么事，在那个世界直接问阿梅奶奶不就好了吗？"

"哎呀，还真是。"我不由得笑了，"不过，那个世界一定有那个世界的规矩，比如'不能问彼此的过去'之类的。"

"这很像是情侣之间的规矩啊。"

说着，夏生也笑了。

好了，这就是我亲身经历的怪事的全部经过。怎么样？但愿对调查有所帮助。不过并不是奇异的故事传说，会不会浪费了你们的时间呢？

山里即使是夏天，也很快就天黑了，回去路上开车请小心。等调查结果发表到会报上，请务必通知我，我想这一带的人家都会买上一本。

啊，我先生刚好回来了。欢迎回来。他们是来自东京的学生,在做民俗学调查。我来介绍,这是我先生及川夏生,旧姓石塚。

因为跟各位说的那件事,我们情投意合地结婚了。我们能这样相遇,也是源于绿生先生来我家参加阿梅奶奶的初盆。

幽灵撮合的夫妇,很少见吧?这也算是"奇异的传说"了吧。

你是夜晚

她从小就做不可思议的梦。

用"梦"来形容，只是因为找不到更合适的词，对理纱来说，那其实是"另一种人生"。

在梦里，她时常跟一个男人走在幽暗的河边。

星星在夜空中闪烁，草叶被露珠濡湿。可能还下了霜，因为天气很冷。虽然有星星，却只投下令人不安的微光。呼出的一定都是白气吧，但连那也看不见。周遭一片黑暗，只有濡湿的草叶冰冷地拂过脚踝。脚上柔软的旧布袜应该已沾上了泥巴，衣物也湿到了小腿。头发早上刚刚重新梳过，没有包头巾，裸露的脖颈和胸口都因冷空气而紧绷。

"会不会冷？"走在前面的男人说道。

她默默地摇头，而后才意识到他看不见走在后面的自己，于是摸索着轻轻抓住男人的衣袖。

对岸响起报时的钟声。跟她一起走的男人名叫小平，没有人告诉她，但不知为何，她就是清楚地知道。

理纱一直以为，每个人都在夜晚过着另一种人生。在入睡后的世界里，拥有与白天截然不同的名字、容貌和生活。

小学三年级时，她终于发现似乎并非如此。当时她一边吃早饭，一边像往常那样讲述晚上和小平的生活。

"别再说了，你这孩子真怪。"

母亲皱起眉头说，声音异常尖锐，让理纱吓了一跳，闭上了嘴。从那以后，她就不再向别人提起做梦的事。

父母、朋友、老师在睡梦中，并没有像醒着的时候一样生活。梦似乎就只是梦而已。理纱感到很困惑，但也只能默默接受这一事实。

她无法向任何人诉说。"梦"里的生活和白天的生活一样鲜活真实，好像只有她一个人是这样。

再大一些后，她也曾想过"我是不是有双重人格"。只要闭上眼沉入梦乡，几乎每晚都和小平一起生活，等到了早上，又要拿起书包上学去，和朋友嬉笑，迎接考试。她不得不辛苦地转换心情，往来于两种截然不同的生活之间。

到底哪一边是现实，哪一边是梦境呢？

她和小平住在"法乘院"的门前，"深川"这个地名也不时出现，估计是在江户。在窝棚似的长屋其中一间里,她跟小平盖着单薄的被子睡觉。欠着钱买不到米的时候，就去参道¹上成排饭馆的后面捡残羹剩饭,用井水洗掉饭粒上的黏腻,拿白开水泡着吃。因为邻居都这么做,也没觉得多难为情。大家在井边一边爽朗地聊着天,一边淘洗快要发霉的饭粒。

小平长什么模样,她始终看不清楚。因为不是刚好站在树荫下,就是阳光太刺眼,不然就是两人默默地走在黑暗的河边。小平叫理纱"阿吉",每次他这么叫,阿吉的心头都满怀喜悦,感觉自己爱煞了这个人。

阿吉也没有清楚看过自己的脸。她没有镜子,清澈的河面又总是泛着涟漪。周围的人都没有说过她是美还是丑,所以大概就是中人之姿吧。

只有小平偶尔会说"你真漂亮"。她虽然回道"你这人又胡说了",心里其实很欢喜。小平的汗滴下来,她伸出舌头舔舔滴落在嘴角的汗珠,咸咸的。紧贴的肌肤潮湿而灼热,身体深处充满了愉悦。

在学校上性教育课之前,理纱就知道性是什么了。老师指着贴在黑板上的纸讲解生理构造时,她一听就明白了。可能就是从那

---

1 指神社、寺院正门前修建的供参拜用的道路。

个时刻开始,她希望在白天的世界也尽早遇到小平。但她也同样害怕,不知道遇到小平了该怎么办。

阿吉和小平走在黑暗的河边,是为了寻死。

天就快亮了,得赶快找到赴死之处。可她也不想死,只盼着河流和夜晚永无止境。透过阿吉紧握的小平衣袖,焦躁和哀伤在两人之间来回涌动。

那是梦,理纱拼命告诉自己,努力稳住急促的呼吸。教室里旁边位子上的朋友讶异地瞧着理纱,不知是为了掩饰害羞还是兴奋。

初潮来时,理纱用剪刀把小熊图案的手帕剪碎,团成一团塞进下体,因为她知道应该这么做。过了一段时间母亲发觉了,听到理纱的处理方式,露出异常厌恶的表情,看她的眼神仿佛在打量来路不明的可厌物事。

每晚和小平一起生活,理纱没有放松休息的时间。因为要花极大的心力来转换情绪,白天她总显得有些恍惚。

朋友都笑她"爱做梦",初中、高中的六年间,好几个男生向她表白过。"是因为你看起来有点忧郁吧?其实只是在发呆罢了。"朋友们如此打趣道。

从初中开始,理纱就很少将白天的生活和"梦"里的生活混淆了。虽然晚上和小平夫妻相处,对他喜欢到骨子里,觉得白天不可能再跟别的男人交往,但她并没有说出来,也丝毫没打算将想法付诸行动，在白天坚持独身主义。

尽管如此，她还是拒绝了所有的表白，因为根本无暇顾及。

她知道"前世"这个词，电视上的占卜师说过，据说某人的前世是幕府时期以会计事务官身份掌管藩国财政的武士，某人的前世是冒着生命危险渡海传教的修道士，某人的前世是生活在森林深处的白狼……

一开始她觉得这种理论很可笑。在生物课上，她学到细胞是一个一个的活体，每天、每小时，构成肉体的细胞都在死亡又新生。当细胞的更新速度跟不上死亡速度时，人体就开始衰老，最后细胞不再更新，生命活动停止，人就死了。

人的一生中，细胞都在体内不断产生。那么，有前世是坂本龙马的人，却没有前世是坂本龙马大拇指前端细胞的人，岂不是很奇怪。不，或许转世不是以细胞为单位，而是以个体为单位。那为什么没有前世是乳酸菌或细菌的人呢？占卜师说的都是骗人的。

但后来她开始觉得，灵魂是有可能转世的。乳酸菌和细菌没有灵魂，白狼有灵魂，虽然这种判断的依据不明，但理纱喜欢"灵魂转世"的设想。

和小平共同生活的阿吉，莫非就是自己的前世？因为心存遗憾，阿吉才会在灵魂转世为理纱后，依然反复出现在"梦"里继续生活吧。

阿吉的憾事，必然是和小平一起选择了死亡。

一定要阻止两人，理纱强烈地想。一定要阻止走在河边寻觅赴死之处的两人。

然而"梦"并不是理纱想做就能做的。入睡后的理纱，梦到的季节和前后顺序都很随机，她想看到的场景迟迟不来。

眼前是一双皲裂的手。阿吉在长屋里看着自己的手，跪坐着的脚背贴着地板很冷。她忽然想起什么，膝行到房间一角打开箱笼，里面都是阿吉和小平的东西：缺了齿的梳子，只上了一层漆的木碗等。他们就带着这个箱笼，如同连夜跑路般不知搬了多少次家。

她从箱笼里取出装在贝壳里的药膏。这是小平买给她的，说能治好手上的皲裂。双壳贝的表面用墨水潦草画着拙劣的樱花。

本该付给米店的钱，小平拿来给阿吉买了药膏。阿吉为了买米，好些日子接了比平常更多的洗衣活儿。冬日的水寒冷刺骨，皲裂也加重了，但小平的心意让她很高兴。

阿吉像合掌参拜似的，用两手包覆住装着药膏的贝壳。

这药膏似乎是用马油加药草熬制成的，据说对烫伤和刀伤有效。凑近闻时，的确有动物的气味，但是不是马油就很难说了，搞不好是野狗的油脂或鱼的渣滓。不管是什么，她都完全不介意。

她很珍惜地把药膏一点点涂在皮肤上。

阿吉再次举起手，将指尖靠近脸。有动物的气味，跟汗水、灰尘和体臭混合的味道很像。昏暗的房间、老旧的长屋、井边漂着菜叶的浅水沟，这种味道总是沉淀在阿吉身边。

旧衣店几乎每天都给阿吉送来要洗的衣服。很少有需要浆洗的高级旧衣，一般都是泡在水盆里揉一揉、踩一踩，大致洗掉脏污就是了。

旧衣店的衣服是从哪儿来的，她心里明白但并不多想。盆里的水变成黄褐色，飘散出线香和死亡的气息。法乘院的钟声响起，鸟在坟地的上空鸣叫。

天快黑了，小平该从河边回来了。他今天能打到多少鱼呢？想到小平笨拙地捉鱼捕鳗的样子，她总是不禁落泪。为什么小平这样的人不得不沦为浪人呢？这世道真是荒唐。

小平回来了，说没有打到能卖的鱼。阿吉烤了小鱼，将早上的剩饭煮成米汤，两人吃了。明天她要早起去卖屋后种的青菜。

"你学习了吗？"

母亲说。她几乎只会说这句话。

你自己都没好好念过书，理纱心想。只应付地上了两年班，就搭上早进公司的同事结了婚不是吗？所以现在才能闲待在家里，过着只需要随便做做饭的生活不是吗？

"下个月怎么样？"

说着，母亲将歌舞伎的宣传单丢到餐桌上。母亲现在迷上了年轻的歌舞伎演员，差不多每个月都要专程去东京的剧场。理纱小时候也跟着母亲去看过歌舞伎表演，但最近已经毫无兴趣，那些戏假得不行。她回答说不去。

不需要特地跑去剧场，入睡后就身在更真实的江户，和小平的生活在等着她。虽然穷苦，但和小平一起辛勤劳作、彼此相爱的生活很幸福。

嘴上抱怨"要是没跟你爸爸结婚就好了"，却又靠丈夫薪水过活的女人，绝对体会不到这种幸福。

理纱不想变成母亲那样。所以她努力学习，为的是尽早离开这个家，进入好公司，过自食其力的生活，这辈子遇到小平时，同样可以支持他。这一次两个人一定要安享天年。

从一个说是小平同伴的男人那里，阿吉得知了难以置信的事。小平要跟某大名家的武士女儿结婚了。阿吉很惊讶，理纱并不惊讶，只想着，啊，这场面又来了。

"请不要开这种恶劣的玩笑，"阿吉站在水盆里说，"三山藩高冈家是小平大人主君的仇人，主君家就是因为高冈的阴谋被废，你和小平大人也沦为浪人，不是吗？"

"可那家伙却去百般巴结高冈的家臣，大概是受够了每天捕鱼的日子。但他就算成功投靠了新的主家，论本性也根本称不上武士，简直就是个人渣。你好像也被他骗得团团转，对他死心塌地，还是尽早醒悟过来吧。"

阿吉怔怔地听着，男人说："这是我给你的忠告。"说罢便离开了。

啊，真是龌龊。阿吉用力踩踏着盆里的衣服。那个男人以前来长屋找小平时，投向阿吉的视线就别有意味，难道他以为灌输了这番子虚乌有的话，就能让我对小平大人死心？

阿吉开始留心观察小平的一举一动。小平并没有变化，依然对阿吉温柔体贴，太阳升起时就去河边捕鱼，太阳沉落时就回到长屋。他常常捕不到鱼，流着泪向阿吉道歉："让你受累了，真对不起。"阿吉跟他说，不用把这种事放在心上，只要我天亮前开始工作，就不愁买不上米。你一定很快就能找到理想的去处，所以只管堂堂正正地过日子就是了。

她相信小平。阿吉的眼里只有小平。但她看不清楚小平的脸，他的脸永远像夜晚般蒙了层暗纱。

大约一个月后，小平说："这下真是山穷水尽了。"

此时已是深冬时节，门外风没完没了地刮着。

阿吉感觉小平最近吃得少了，心里很是担忧。

"到底发生什么事了？"她问。

小平将碗和筷子搁到地板上，深深叹了口气。

"我找到了新的主家，领了一笔安家费，却被人偷走了。该怎么办呢?"

"什么怎么办,多少钱啊?"

"三两。"

都在为当天的饭钱发愁了,哪里筹得到这样一笔巨款。

"你决定投靠的是哪家啊,不能说清楚缘由,请对方谅解吗?"

阿吉一再追问,但小平只含糊地说新的主家是"这附近身份不高的人家",然后就坚持"已经收了安家费,怎能不穿礼服、不佩双刀就去拜见?这有损武士的名誉"。

"那怎么办呢?"

狭窄昏暗的室内,一时陷入静寂。风停了。隔壁泥瓦匠一家热闹吃晚饭的声音,今晚听来却格外遥远。

"阿吉,你很累吧。"

小平说,阿吉点了点头。

第二天一早,阿吉就出门请人重新梳了头发。她拒绝了洗衣服的活儿,等待着夜晚到来。空手出门的小平,依旧空手回到长屋。

"果然不成,"他告诉阿吉没筹到钱,"你下定决心了吗?"

阿吉早就决定了。她是小平的妻子,无论小平去哪里,她都会一起去,绝对不会离开。她将装着药膏的贝壳收进怀里,离开了长屋。

她和小平走在河边。

周遭黑沉沉的，连呼出的气息也看不见，但想到最爱的男人就在身边，她的恐惧就消失了。想到从今往后将永远相伴，她也不觉得孤单了。

天快亮时，两人来到河流变缓的深水处，决定就是这里了。

阿吉背对着河水，跪坐在草地上。解开腰带递给小平时，她忽然想到了什么，说道：

"你真的会随后就来吧？"

"唉，真让人伤心，"小平蹲在阿吉面前，声音像要吐血一般，"都到准备赴死的时候了，还不相信我的心意吗？"

小平拾起小石子，逐一纳入袖兜，然后取出插在腰带上的菜刀，拿到阿吉眼前，让她在黑暗中也能清楚看到。

"我不会迟到的。等把你的衣服整理好了，我就用这个割自己的脖子，然后跳河自尽。"

那就好。阿吉双手合十，脖颈被腰带缠绕。小平一口气勒紧。

不要！理纱想叫，却叫不出声。连念佛的时间都没有啊，阿吉在痛苦中又感到好笑。她已经透不过气了。伸手去抓胸口时，碰到了坚硬的贝壳。这是你的心，也是我爱你的心。啊，快点，想快点和你一起走。你我去到不存在米钱和鞍裂的世界，一起快乐地生活。

东方的天空现出曙光，阿吉看到了压过来勒杀自己的男人的脸。

小平在笑。

理纱猛地从床上坐起，叹了口气。还是没能阻止，没法改变。因为这是已经注定的事，一切都已发生。"梦"果然就是理纱的前世，阿吉的生与死。

所以今生一定要和小平幸福到老，这样也能告慰阿吉的在天之灵。

她拉开窗帘，看到邻家的墙壁。这是很普通的郊外住宅区，东京很远，江户更远。

换制服的途中，她想起这是她第一次清楚看到小平的脸。为什么小平在笑呢？

她心头闪过可怕的怀疑。难道阿吉被骗了？安家费被偷是谎言，说随后就来也是谎言。小平把碍眼的阿吉杀掉后立刻逃走，跟新主家的女儿结婚了？

怎么会，不可能的。理纱又想起指尖碰到贝壳的触感，那触感如此真实，她先是摸了摸制服衬衫，又掀开被子寻找。当然不会有贝壳的影踪，但小平确实给了她。小平的心，她爱小平的心，没有任何怀疑的必要。

"理纱，起来了吗？"

母亲在楼下喊她。

她瞒着父母，只报考了东京的一所大学。出乎意料的是，母亲坚决反对她一个人生活。

"理纱这么迷糊的孩子，绝对没办法独自生活的。"

母亲大概一直以为她会上本地的大学，生气也是很自然的事。理纱一句话也没回嘴，径自准备迈向新生活。整个春假期间，母亲都在客厅夸张地哭泣。

"去东京一定少不了上男人的当。女孩子一个人生活，不就等于明着说我是来玩玩的吗？这样的女孩子哪还有就职、结婚的指望，不可能称心如意的。你不听妈妈的话，以后可别回来哭鼻子。"

最后在父亲的劝解下，母亲才勉强同意她去东京。理纱说"我走了"的时候，母亲依旧看着电视，头也不回。

怒气在去车站的路上就消失了。对新生活的期待越来越热切，让她忽略了母亲的言行。

开始在东京生活后，她就很少做"梦"了。也许是因为无论如何都无法阻止阿吉和小平，她已经死心了；也许是因为生活忙碌而充实，连做"梦"的时间都没有。她交了新的朋友，每天忙着报告、考试、专题讨论、打工，还要做饭、打扫卫生、洗衣服。

理纱的夜晚第一次和大多数人一样，意识陷入完全的黑暗，梦到的只是虚幻的影像。只见过一次的小平的脸渐渐模糊，但她并不在意。她终于安心地生活在白天的世界，先后交往了好几个男人。

不论跟哪个男人，一开始都很顺利。

理纱延续了"梦"中的生活，特地在公寓的阳台上用炭炉烤秋刀鱼，剩下的洗澡水也留着洗衣服。看到理纱这样做，男人们都高兴地说"你会是个好太太""真是环保啊"，然而提出分手前，却一定会说"理纱怎么跟男人似的，不是有那种非得用炭炉做菜的家伙嘛"，不然就是"一副黄脸婆的样子，真讨厌"。

理纱喜欢的男人大都欠缺生活能力，坦率地表明自己的野心和希望实现的梦想，他们共同的口头禅就是"总有一天"。一开始理纱觉得这样很好。男人在理纱的公寓里住下来，吃着理纱做的饭，却几乎不出生活费。到最后理纱总是回想起小平，小平是这样的，小平是那样的。

不管哪个男人，跟小平相比都黯然失色。跟她爱得要命的小平相比。

回过神时，男人已经离开了理纱的公寓，留下这样的话："跟你在一起，我只想依赖你，变得软弱无用。""你这么倾尽全力对我，太沉重了。"

理纱很羡慕阿吉。小平回应了阿吉的爱和奉献，两个人到死相依。但她也不无怨恨地想，或许正是因为阿吉的灵魂还留在自己体内，白天的生活里才无法跟男人顺利交往。

她几乎不回老家，大学毕业就在东京找了工作，有时有男人，有时没男人。工作很快乐，和同事为同一个目标努力让她很愉悦。

母亲偶尔会打电话过来，她还是大部分时间待在家里看电视，做着十年如一日的晚饭，无所事事地等丈夫回家。"你爸爸的退休金没有想象的那么多，我最近都没去看戏了。"母亲说。当母亲问"你过得怎样"时，她为了不伤母亲的心，只平淡地说："还算顺利吧。"事实上，她很为自己感到骄傲。她真切地感到自己过上了从前向往的生活，虽然还没遇到像小平那样想要支持的对象，但她还年轻，没关系的，不用着急。因为自己和一辈子都在妥协、后悔、抱怨的母亲不一样，理纱想。

她几乎不做"梦"了。借着搬到公寓大厦的机会，她把炭炉也收进了流理台下方。阿吉和小平渐渐远去了，她甚至觉得，夜晚过着另一种生活这件事才是做梦吧。

工作第五年的盂兰盆节假期前，一个她都想不出有什么瓜葛的亲戚打来了电话。

"理纱，你知道吗？"

中年妇女在电话那端滔滔不绝地说着，理纱的父母可能要离婚了。得知原因是母亲出轨，理纱很受打击。这种打击里有"怎么会这样"的震惊，也有"到底在搞什么"的愤懑，不知为何还掺杂着一丝挫败感。

在电车上晃了两小时,理纱在盂兰盆节回到了老家。出乎意料,家里的气氛很平静。跟理纱过去生活在这里时一样,厨房的水槽擦得锃光发亮,客厅的桌上也没堆旧报纸。父亲坐在餐桌前吃着太太做的家常菜,偶尔跟太太女儿讲个并不好笑的笑话。

一切都跟以前一样。

那个电话是怎么回事?理纱觉得被亲戚骗了,但亲戚又有什么必要骗她呢?她心里乱成一团。

父亲开车带她们去扫墓。绿意盎然的山上蝉鸣聒噪,晌午的大太阳底下,拿着水桶和线香的人来来去去。水浇在斜坡排列的墓碑上,转眼就发白变干,供奉的鲜花也很快就蔫了。

理纱在不远处的树荫下等父亲打水过来。天气太热,手上的汗把线香都浸湿了。母亲抱着菊花站在一旁,用空着的手拿出白手帕擦拭额头的汗水。小蜜蜂飞到花束旁,然后满足地朝树丛飞去。

"好了,走吧。"

父亲当先走上斜坡的台阶。理纱和母亲也从树荫下出来,在炽热的阳光下前行。

"你听阿姨说了吧?"母亲轻描淡写地开口道,"妈妈打算离婚。"

理纱不由得瞧了一眼父亲的背影。也不知父亲听到了没有,步伐依旧平稳。

"离婚后打算怎么办呢？"

"谁知道怎么办，就靠理纱照顾了吧。"

母亲的侧脸上挂着无忧无虑的笑容，理纱忍不住打了个寒噤。母亲看样子还想说在哪认识对方的，是个怎样的男人，但理纱没问。她也不想知道。

扫完墓后，理纱逃一般地回到了东京。

父母不知何时好像和好了，好事的亲戚又打电话来告诉她。

"这多亏了理纱露脸啊。都说孩子是夫妻的纽带，果然没错。有理纱这样的女儿，你妈妈也放心了。阿姨家里都是儿子，跟爸妈连话都不说了，在哪儿干什么都不知道。"

理纱心想，"放心"是什么意思？父母老后，自然是由独生女理纱照顾，母亲、亲戚，大概连父亲都这么认为。开什么玩笑，那只适用于亲子关系融洽的情况。母亲的出轨、父亲的视而不见、不了了之的离婚，这都叫什么事啊？但若对父母不闻不问，周围的人会怎样看她、怎样说她，也让她想起来就害怕。她没有拒绝的勇气。

想来就是这样了。再过上十五年，她就会往返于东京和年迈父母生活的小镇，无法逃离。那时她应该也有了丈夫儿子，但丈夫和儿子都帮不上忙。父母只有理纱这一个孩子，只有理纱和父母血脉相连。

亏她还以为自己终于得到了向往的生活，以为自己努力走出家门、远离母亲，掌握了命运。

母亲似乎想把理纱叫回老家，每次打电话都提相亲的事。

"理纱，你快三十岁了，认真考虑过婚事吗？妈妈最近常跟爸爸说，好想抱孙子啊。"

星期六的早晨门铃响了，她还想是谁啊，原来是用快件寄来的自我介绍和薄薄的布艺相册，里面附了张便条纸："他在市政府工作，是个踏实认真的好人。"她看也没看照片就寄回去了。

"你最近好像没什么精神，"根岸对她说，"如果发生了什么事，不妨说来听听。"

三十六七岁的科长根岸早早便出人头地，不仅工作上是一把好手，也很体贴照顾别人。在为增进科内同事情谊例行举办的酒会上，他也会像这样随意自然地跟所有下属说话。

"是吗？没什么。"

"好吧，那就喝一杯。还是啤酒可以吗？"

根岸给理纱的杯子里倒了啤酒，在她旁边空出来的坐垫上坐下。他似乎并未对理纱冷淡的回答感到不快，默默地给自己的杯子也倒了酒。

"我没有什么想跟科长说的事。"理纱重复了一遍。

"只是想跟可爱的下属一起喝杯酒罢了。"根岸用打趣的语气笑着说道。

她久违地想起了自己的"梦"。只见过一次就渐渐模糊的、被晨光照亮的小平的脸,不知怎的和根岸有点像,都是柔和而纯真的笑脸。

听说根岸的太太是大学同学,两人育有已经读初中的儿子和念小学四年级的女儿。理纱忽然动了跟他聊聊的心思。根岸不会对求助的下属置之不理,跟今后也是青云坦途的上司敞开谈一谈,在工作上也会有好处。他只了解理纱在职场的那一面,谈起来反而有种轻松感。

"结婚怎么样?"

"很感谢你的心意,不过我已经结婚了。"

"我不是那个意思。"

"开玩笑的。怎么,有人劝你相亲?"

"您怎么知道?"

"我想你也到这个年纪了。"

征得理纱同意后,根岸点了一支烟:"结婚是好事啊。如果你拿不定主意,不妨结一次看看。"

"就是因为不想结很多次才拿不定主意啊。我有工作,我母亲的担保也根本靠不住。"

"就算田宫你结婚生孩子了,工作上我也会支持你的。这方面你无须担心。"

她突然心跳得厉害,觉得根岸果然长得像小平。

"你那相亲对象是个怎样的人?"

明明早就拒绝了,她还是不由自主地说道:

"他在我老家的市政府上班,是个很踏实的好人。"

"那要是结婚了,你就得辞职吧?"根岸捻熄的烟头兀自在烟灰缸里飘着白烟,"踏实的好人,那又怎样?他不适合你。"

根岸的手碰到了理纱放在膝上的手。两人忘了周遭同事的喧闹,在矮桌下双手交握。

偶然一起出差后,理纱和根岸开始了交往。她没有提出让他跟太太分手,但根岸很明白理纱的心情:"我已经跟太太说了要离婚,只是需要点时间。"

根岸周末去了江之岛,带回装着樱蛤的小玻璃瓶当伴手礼送给理纱。玻璃瓶的瓶口是软木塞,瓶颈系着带链子的钥匙圈,连小学生都不会买。

"好土。"理纱笑道。

"冬天的江之岛可真去不得,天寒地冻,游客的影子都没有,冷清得要命。"根岸缩着脖子说。

想到他嘴上这么说,还是陪家人去玩了,理纱便觉得苦涩难言。但根岸心里记挂着她,又让她很高兴。她摇了摇玻璃瓶,浅粉色的贝壳里仿佛有沙子在响。她想起双壳贝上画的樱花,果然是小平,她一直寻寻觅觅,祈盼今生再次相遇的小平。她再也不会跟他分开了。

母亲并没有放弃努力,之后也不断寄来相亲照片。第四次把照片寄回时,理纱终于打电话摊牌了。

"妈妈,不好意思,我有交往的对象了。"

"什么,这样吗?你一点风声都不透露,妈妈还替你担心呢。是个怎样的人?下次带他回来吧。"

"改天吧。"

理纱随口敷衍过去,挂了电话。其实她很想全都说出来。她从小就知道,他是命中注定的那个人。我们前世就结发为夫妻,就连死亡也不能把我们分开。来世我们的灵魂也一定会分别转生,再续前缘。

理纱的手变粗糙了。以前从不怕洗涤剂的刺激,而今皮肤却红通通的,干燥开裂。是阿吉。她体内的阿吉在为和小平的再会而欣喜。

"皲裂好厉害噢,"抚摸根岸的后背时,他很痒似的发笑,"怎么回事,这很痛吧。"他捉过理纱的手亲上去。

"完全没关系。"

一点都不痛,她只觉得心神激荡。

科里同事应该人人都发现了。人事部门可能也听到了风声,春天时理纱被调到了庶务科。

此前她经常出差,忙着到处跑,负责公司内部事务的庶务科让她感到很无聊。但她毫不在意,又不是不能和根岸见面。只要想到没遇到根岸的时候,工作上的变动也就不算什么苦恼了。

"你得再注意一点,"根岸说,"该怎么说呢,你的态度、眼神什么的,很容易被人看出来。"

有什么不对,这不是理所当然的吗?经过了几百年终于相遇,不高兴才奇怪吧。虽然理纱心里这么想,但她不想给根岸添麻烦,还是依言收敛了言行。

根岸很可靠。工作如何推进、去餐厅点什么菜,全都由他决定,引导着理纱。和根岸交往后,理纱才体会到了把一切安心托付给别人的快乐,就好像终于卸下了肩上的重担,只要跟他在一起就满心欢喜,不安和迷惘都一扫而空。

理纱等了五年。

她想生小孩,终究还是焦躁起来。根岸已经很久没提离婚的事了,她绕着弯子打探,他只说:"我太太成天闹脾气,一直没什么进展。你要是等不了,就照你的意思办。"根岸不知道理纱等了多久,无论多久她都会等下去。

因为她爱他。只有根岸才是她命中注定的那个人。

四十岁后根岸当上了部长。这依然是快速的升职,但也有声音说,他就到此为止了。大家一致认为原因是理纱,理纱也听到各种各样的忠告和诋毁。

"也该适可而止,清醒过来了。这样拖拖拉拉下去,不会有任何好处。""根岸先生也是可怜啊,那个女人以前就有点偏执的感觉。""听说根岸太太大发雷霆。""哇,好可怕。""不过,部长也是自作自受,不戴婚戒就参加联谊会,还把人带回去。现在也是这样吧。"

朋友和公司同事都是一副乐得看戏的神情。或许是因为这个缘故,近来根岸也显得很焦躁。理纱从一开始就没相信过闲言碎语,那些人根本就不了解根岸,多半是嫉妒他,拼命想拖他后腿罢了。真是可悲啊,她想。

圣诞节和新年根岸都是和太太女儿一起度过的。"女儿还在读初中,"根岸说,"没办法,我不想让她觉得孤单。"理纱也很孤单,但她帮根岸挑选给女儿的礼物,笑着目送根岸回家,因为她知道,那反正是个徒有虚名的家庭。

但她也着实受够了一个人过年,除夕的傍晚回了老家。五年不见,父母的脸上添了皱纹,白发也多了许多,然而一切还是老样子,母亲毫不客气地逼问理纱,父亲沉默寡言像个摆设。

"喂,怎么不带他回来啊?"母亲啜着热汤荞麦面说,"因为你说要回来,我还以为明年就能有个着落。你们还在交往吗?"

"我们并没有分手,不过,也要看时机。"

"什么时机,早就过了好吧。你以为自己多大了?"母亲夸张地叹口气,"反正不会是什么正经男人,妈妈都说过了。"

理纱气得发昏,但还是忍住了。母亲又说:"不如回来吧?这边再找份工作不就行了嘛。"不然就是:"爸妈也上年纪了,只有老两口在家很寂寞。""现在还是有好对象的。虽然你的年纪大了,找顶好的对象不可能,稍微将就一下还是可以的。"每次视线一交会她就这么念叨,最后理纱低头沉默,她还是自顾说个没完。

一天都没挨过,理纱的忍耐就到了极限,一月二日一早就搭电车回了东京。之后她待在公寓里,看着并不怎么好笑的搞笑节目过了新年。电视旁的柜子上,零乱地摆放着照片、假花和根岸给她的樱蛤小瓶。

倘若就这样下去,会是什么结果呢?无法和根岸结婚,也没有孩子,在氛围糟糕的公司勉强熬到退休,年华老去后依旧一心等着根岸来看她,最后独自死在房间里,被房东发现吗?而根岸却有妻子儿孙照顾?

不对劲,事情不该是这样的。理纱觉得阿吉和小平的生活更幸福。不,或许跟现在的感觉是一样的,总是走投无路,贫穷焦虑,彼此相依为命。她已经许久没做过"梦",所以忘记了。

新年后一去上班,同事就在女洗手间的镜子前热情地告诉她:

"营业部的根岸部长和太太孩子去夏威夷过年了,这么有闲情逸致,真好啊。"

理纱的太阳穴发热,不知道是想哭还是想笑。

她觉得自己已经等得够久了,决定去找根岸的太太。

她休了带薪假,和根岸的太太约在根岸家附近的咖啡馆。过来的女人和根岸同岁,看起来却很年轻,衣着也颇有品位,看似朴素,实则价格不菲。

"我也觉得应该跟您见一次面打招呼,"女人露出微笑,喝了一口红茶,"我先生承蒙关照了。"

"您和根岸先生什么时候分手呢?"

"哎呀,我先生并没有提出过离婚,"女人怜悯似的说,"您是不是有什么误会?"

根岸的太太离开后,理纱依然坐在桌边动弹不得。店员拿起水杯加了水,又放回去,理纱低头看着桌上留下的圆形水渍。

根岸被外派为分店长,听起来风光,其实是贬职。风传是根岸的太太向以总经理为首的公司高层揭发他搞婚外恋,也有人说不是那样,是理纱收集了交往的证据,匿名寄给总经理。但也有人说,是联谊时被根岸始乱终弃的女人很愤怒,跑来公司大吵大闹。

一个明白的事实是，根岸已经完了。平时围绕在他身边的人就如同退潮般消失不见。从和根岸交往开始，理纱就被众人露骨地疏远，如今处境也并没有改变。故意说给她听的闲言碎语，她也早已习惯了。

"根岸先生好像真的很狼狈噢。分店的人应该也都知道内情了。""听说他太太终于提出离婚，把存款全部拿走了。""哪有这么便宜，他还要付子女的抚养费。""话说，他出轨的对象会怎样？要是被告上法庭，也得付他太太赔偿费吧。""真是蠢死了。她是明知道人家有老婆还这样，不是吗？平时可理直气壮着呢，还说什么都是工作。""随便啦，不过可真麻烦。"

理纱每天给根岸的手机发好几次信息。她担心得不行，不想让他难过。根岸一天回复一次就不错了，内容也只是"我没事"这样寥寥数字。但理纱看了又看，只觉得高兴又安心。

每到周末她就想去根岸调职的地方看看，但根岸总是说："东西还很乱，你先别来。"可是搬家的行李一个人整理不过来啊。她若坚持要去，根岸就说："这周我太太和孩子要过来，你体谅一下。"然后冷淡地挂了电话。

理纱觉得他应该离婚了，至少也是正在离婚。但涉及婚姻状况的人事档案有严格限制，即使在庶务科也不是可以随意查阅的。如果他只是单身赴任，自己该怎么办呢？她在房间里把脸埋进靠垫发出哀号，也许是喉咙破了，温热的血的味道在嘴里弥漫开来。

她很快就知道，果然没必要不安。根岸调职后不到两个月，就又不断打电话给她："我好寂寞。""我已经决定了，要离婚。不过那样就见不到孩子了。""我不行了，理纱。钱都被拿走了，乡下分店长的薪水也不怎么样。"他只在理纱面前流露出软弱的一面，让她更加心疼。

这个人倾心相许的只有我，能支持这个人的也只有我，她从很久以前就知道了。

理纱申请调到根岸所在的分店。上司哑然失笑，都没征求人事部门意见就驳回了，于是她下定决心辞职。

终于可以和根岸共同生活了。多雪的小镇上，第一个冬天理纱和根岸过得很兴奋。从铲雪车到雪犁，一切的一切都很新奇。两人在温暖的房间吃火锅，理纱把装樱蛤的小瓶摆在飘窗上，根岸笑她怎么把这种东西也带来了。理纱觉得很幸福，这样的幸福要一直延续下去，为了阿吉和小平也要延续下去。

根岸应该早就和太太分手了，春天到来时却依然没有求婚。难道是日子过得太惬意，所以很踏实，觉得跟结婚了没两样？不，或许是已经收拾好心情，正在筹划去见理纱的父母。理纱思来想去，最后觉得反正很快就会结婚，还是别逼得太紧了。

根岸说积蓄几乎给了前妻，每月的薪水还得付子女的抚养费，生活很艰难。理纱如愿以偿,和根岸如胶似漆地过了三个月,也算是心满意足。差不多该在镇上找个工作了。虽然正式员工收入稳定,但他们可能没多久就有宝宝,还是时间相对自由的兼职工作比较好。她想在灯光明亮的房间里精心准备晚餐,迎接根岸回家。根岸的前妻是家庭主妇,她不想被拿来比较,不想让他觉得还是以前的生活好。

理纱去超市当了收银员。跟以前在公司的工作相比,这份差事简单得多,薪水也微不足道。但同事大姐们和以老人家为主的客人都和蔼亲切,让她觉得很愉快。为了多少补贴家计,她在不影响家务的前提下尽量多排班。超市经理对她说:"小心不要超过扶养扣除的额度限制,不然先生会生气噢。"理纱这才模模糊糊地知道,如果妻子的年收入控制在规定的金额内,丈夫支付的税金就可以稍微减免。

她忽然热切地想结婚。干吗一直等着根岸求婚呢,难怪从小被人说迷糊。到现在还执着于要根岸主动开口,真像个傻瓜。

根岸一回来,她就把经理说的事告诉了他。

"我一点都不知道。都三十多岁的人了,还这么无知,好丢脸。根岸先生知道吧?"

"嗯,知道。"

"我们结婚吧,还可以减免个税。"

"改天吧,改天。"

"改天?什么时候?现在六月的结婚场地是订不到了,但结婚手续随时可以办,还是先办……"

"理纱,"根岸打断了她的话,看到他的表情,理纱脸上的肌肉也紧绷起来,"一直没机会告诉你,我和太太还有婚姻关系。"

理纱听不懂。根岸很不自在地挪动了一下,喝着理纱泡的茶。

"到底怎么回事?"理纱的声音嘶哑起来,"那你的存款为什么都没了?不是给了太太当赡养费吗?你们什么时候分手?我什么时候才能跟你结婚?我连公司的工作都辞了,就是因为你说想要我过来!"

"我并没有说想要你过来啊。"

"你说了不是吗!你说了吧?你说决定和太太分手,所以我才……那到底是怎么回事,怎么回事!"

郁积的苦闷霎时爆发出来,理纱又哭又叫,把旁边的东西胡乱扔出去:茶杯、靠垫、便宜的小矮桌、相框,唯独对装樱蛤的小瓶稍微留了情,没有扔向墙壁,而是扔到地毯上。

"只是有点波折,真的马上就要离婚了。"

理纱得到了安慰,情绪宣泄后也畅快了许多,心里想着那样也还好,便和根岸睡下了。

她想做"梦",想再看到阿吉和小平在长屋幸福生活的情形。

她如是祈求着。

理纱和根岸开始频繁争吵。因为离婚迟迟没有进展,理纱咆哮着质问到底怎样了,根岸耐心劝慰说快了,于是她又冷静下来。但渐渐地,她的情绪越来越激动,争吵的间隔也越来越短,责问根岸的激烈程度连她自己都觉得反常。根岸一开始不回嘴,最近也开始跟她对吼,还动手打她。理纱被打得撞到墙壁上。

超市的大婶们看到她眼周的瘀青,尴尬地面面相觑,经理劝她"还是回家吧"。她在更衣室里一照镜子,眼皮肿得像怪物一样。这副模样果然没法接待客人,她笑了起来。

明知道会挨揍,明知道结婚纯属谎言,理纱还是忍不住要逼问根岸。根岸已经很少回来,偶尔回来也是拼命喝酒。

已经不知道是第几十次争吵了,理纱被打得脸都变了形,呜呜痛哭。她已经哭不出声音,也流不出眼泪,但在根岸面前,她就像个孩子似的哭倒在地,最后呼吸困难,好像抽风一样全身痉挛。

根岸把她抱起来,抚摸她的肩膀和头发,用湿手巾温柔地替她擦脸。

理纱抽噎着,梦呓般地说:

"我们一起去死吧。你知道吗?我们从江户时代起就是恋人,两个人一起死了呢。我才不要结不了婚,死了也没关系,我们来世绝对还会再相遇,下次一定可以结婚。所以我们去死吧。"

"你没事吧？"根岸说，"好累啊。"

虽然说着"好累啊"，当理纱因为喘不过气醒来时，本来睡在一旁的根岸却钻进了她的被窝。他一边喃喃说真不想继续了，一边脱掉理纱的衣物。根岸的手用力压着理纱的锁骨，然后慢慢移向脖颈。

压过来的男人的影子如夜晚般漆黑，遮蔽了理纱的视线。

火焰

那件事静静地沉睡在我们的内心深处，如同淡紫色的天空划过闪电，而后隐隐响起雷声一般；如同湖中心泛起银色涟漪，渐渐地扩散到岸边一般。

那件事慢慢地逼近，侵蚀着我们的心。

高中位于山丘上。除了学校，山丘上只有墓地和情趣酒店。

学生在车站前搭乘去往绿山墓园的公交车，沿着像蛇一样蜿蜒的道路开上二十分钟，在终点前一站下车，那里就是校门。末班车是晚上七点二十五分。车头灯把路面照得发白，紧接着公交车从弯道出现。结束了训练的运动社团社员，开了一个长会的学生会干事，没什么事做在学校消磨时间的学生，都在公交车站排队上车。"绿山高中前"的公交车站灯牌上，夏天聚集了不计其数的飞虫。

如果错过了末班车，就只能徒步将近一小时下山。在文化节筹备期间，很多学生瞒着老师在学校逗留，然后走下山丘。跟朋友聊着天走在黑暗的坡道上，不时瞥一眼路旁树林间时隐时现的小镇灯火，偶尔有车载着去情趣酒店的男女驶过。随处可见的弯道反光镜上，绑着"小心色狼"的生锈警示牌。

从车站前十分钟左右发一班车。早上七点的公交车上，挤满了绿山高中的学生。为了避免拥挤，我都是搭六点五十五分的那班公交车。到学校后还有一小时才上课，我就在教室里睡觉，或者预习功课。天气热的时候，我就拜托晨练的游泳社同学，让我在游泳池一角悠闲地游泳。水非常冷。被长明灯吸引过来的虫子，黑黑地浮在晨光映照的水面上。随着气温上升，蝉开始用还没睡醒般的声音鸣叫。

早上的公交车上，几乎都是同样的面孔，立木学长也在其中。车上站着大约十个人，学长和我一般都不坐，所以我有时会抓着学长旁边的吊环。学长总是把压扁的书包夹在左腋下，左手拿着文库本[1]阅读。他用拇指灵活地翻页，翻过去的书页被按着右边书页的小指压住，动作宛如变魔术般优雅流畅。他的右手松松地抓着吊环，视线一直落在文库本上，不论车辆如何转弯，都能轻松保持

---

1 文库本，日本一种小型规格的平装书，常见尺寸为 A6，比一般版本售价便宜，也较易携带。

平衡。

我不时偷瞄学长的手指和侧脸,那是轮廓分明的美妙线条。

从旁边看太近了,最佳位置是后车门旁的扶手杆,从那里可以一直看着学长,也不会显得不自然。

我觉得学长没有注意到我的存在。

我也不希望学长注意到。我无论外表和能力都不起眼,和初中时一样,一上高中就被视为典型的"平庸学生",埋没在人群之中。我从未抱过向学长表白、和他交往的希望。要说一次也没想过,那是骗人的,但从没真的期望自己的感情能得到回应。我早已超越了那种境界。

爱情会因为感受到对方的爱、恨、漠然而加深或消失,暗恋却是一个人想陷多深都可以。

来上学的朋友们看到已经坐在教室里的我,总是笑着说:"你也太用功了。""亚利沙,你是起得有多早啊?"我也笑着回道:"哎,是吗?""反正在家也没事做。"

我的恋慕只有我知道,只活在我的心中。

立木学长所在的文科班目标是国立、公立大学,全国模拟考试的成绩也名列前茅,上东京大学、京都大学都没问题,老师们也对他寄予厚望。我们学校是这附近升学率最高的县立高中,但像学长这么成绩优异的学生还是很少见。

话虽如此，学长绝不是那种埋头死读书的类型。他性格稳重，却也会冷不防说出有趣的话，身边总是簇拥着笑脸相迎的朋友，是个很有风采、引人注目的人。而我正相反，朋友一只手就数得过来，她们和我一样，在班上被挖苦为"老土派"。

　　我从上高中起就遭到露骨的嘲笑，不是"头发那样也太长了吧"，就是"哇，好阴沉，真让人不舒服"。说这话的是一群打扮得花里胡哨的女生，我偷偷叫她们"化妆妖怪"。本以为到了高二就会分班，没想到却跟化妆妖怪的老大分到同一个班。

　　楢崎初音明明是老大，妆容却淡得令人嫉恨。就算不化妆，雪白的皮肤上也没有一颗粉刺，容貌端正到任谁都会略感惊艳的程度，蓬松的短发很适合她苗条的身材。

　　虽然被奉为老大，初音却不跟化妆妖怪们一起说别人坏话，也不制止她们，只是浅浅地微笑。在她闪闪发亮的眼睛里，蕴含着对趋奉她的化妆妖怪和我们老土派同样的轻蔑。

　　我敏锐地嗅出她是个不与任何人抱团的异端。初音本质上既不喜欢拉帮结派，也瞧不起奉承讨好，她这般卓尔不群，并不只是因为美貌。

　　绿山高中几乎人人都知道，初音在和立木学长交往。知道归知道，有人认同，也有人不认同。"这样啊。"我觉得可以接受，但朋友们却说："是学长心软罢了。"据和学长同一所初中的人说，学长和母亲相依为命,在家帮母亲做所有的家务。

"所以他才会跟楢崎交往吧。立木学长初中的时候就很会照顾人,应该只是看到楢崎那散漫的样子,没办法不管她而已。"

虽然很对不住朋友,但我觉得那多半不是真相。没有人比我更仔细地观察学长,也没有比我更在意初音,时刻紧盯她在教室里的动向。所以我知道。我看到学长听到初音叫他,应声回头时温柔的眼神;和初音并肩靠在屋顶平台的护栏前聊天时,学长那轻松的表情;两个人一起放学,在公交车站排队前那一瞬间交握的手。

我看得很清楚。如果我像初音这样美丽又坚强就好了。每当想到这里,我就心有不甘,但又觉得两个人交往是理所当然的。

立木学长在暑假的最后一天自焚而死。

在操场晨练的学生做证说,学长是搭六点五十五分那班公交车来到学校,穿着制服走进校门。刚好在场的剑道社学弟向他打招呼:"早上好!"学长也和往常一样,沉稳地回了声:"早。"看他的样子,像是要去图书馆或做升学咨询。

奇怪的是,学长手上拎的不是书包,而是装煤油用的红色塑胶桶。"那是要做什么?"学弟有些讶异地想,于是一边在操场跑步,一边用眼角余光留意学长的动静。学长平静地横穿操场,来到足球场的球门柱前,双膝着地,把塑胶桶里的东西兜头淋下。

还没来得及阻止，学长就燃烧起来了。操场上的所有人都惊呆了。火焰和烟雾越蹿越高，蛋白质燃烧的味道飘散在早晨的校园。有人从校舍里拿了灭火器赶过来，但已经晚了。学长烧得焦黑，往前倒在操场上。

这件事当天就传开了。我正在家里吃挂面，手机收到朋友发来的信息："听说立木学长今天早上在学校死了。"我搁下筷子，望向窄廊外的蓝天。"怎么啦，快点吃啊。"母亲催促道。我再次开始吃面。

我没有回信息。我不知道该作何感想，也不知道消息是否真实，我什么都不知道。后来手机又陆续收到各种消息：学长是自焚而死；警察和消防员都来了学校，闹得沸沸扬扬；第二天的开学典礼延期；暑假延长；等等。

到了晚上，收到学校的正式通知：开学典礼决定延期一天。我和平常一样窝在家里，无所事事地度过了这意外捞到的假期。

翌日六点五十五分的那班公交车上，充满了异样的紧张感。车厢里没有了学长，但是有初音。这是此前从未发生过的事。初音握着吊环，眺望着窗外，脸上看不出任何表情。

啊，学长真的死了。

想也知道，车上没有人说话，连一声咳嗽都没有。公交车沿着坡道往山上开，车厢里的沉默就像铸铁模子压出来那般凝实。

开学典礼改名为全校集会，校长向集合在体育馆的学生说明情况：立木学长死了。为了调查死因，将会进行问卷调查。希望大家珍惜生命。

球门柱那里供了鲜花，门前的地面上留有类似影子的痕迹。每个人都不自觉地绕开那里，在校门和校舍之间安静往来。至少有好几天是这样。

很快操场就像往常那样用来上体育课。学长烧成灰烬的地方，沙子被风吹起，又被来往的学生踩在脚下。

问卷调查也没有得到有价值的答案。当然没发现校园欺凌的事实，也没有人知道学长有什么烦恼。为了平息学生的不安，学校安排了心理咨询师，但没听说有谁去保健室谈话。有人私下里煞有介事地说，当天早晨目睹学长自焚的学生精神出现异常，去车站前的诊所就医。但那只是谣言而已，一问到是几年级几班的谁，立刻就含糊其词起来。

学校里很平静，平静得令人害怕。我们继续着日常生活，仿佛一切都没有发生过，仿佛立木学长从一开始就不存在。可能因为学长是未成年人，也几乎没有报道。

难道是一场梦？我半是认真地想。学长浇煤油自焚这件事，不，学长的存在本身就像做梦一样。我现在一点都不悲伤，没有任何感觉。我不知道该有什么感觉，自己的感觉和感情都像梦一般虚无缥缈。

我和学长从未接触、交谈过，连视线都不曾交会过。他比梦境还要遥远。就算跟我说他死了，我甚至连他是不是真的在现实中存在过都拿不准。

但平静只是表面上的。就像镜子般的河面下，是水流湍急的深潭；就像夏日蓝天上悠然飘过的白云里，是汹涌翻卷的风雨。所有认识学长的人，应该都在无声地呐喊。

为什么要寻死？用那么激烈的方式，是要控诉什么？

焚烧他的火焰，照亮的是谁？

随着残暑渐消，变化也在缓慢地发生。

学校只当学长的死从未发生过，只有不知从何而起的暧昧谣言，如同幽灵般在走廊上徘徊，在学生间口口相传。有说学长是因成绩滑坡而烦恼，有说讨债的人闯进家里让他不知如何是好，也有说他母亲跟男人跑了。

教室里的初音态度跟以前一样，没有任何改变，但同学们都和她刻意保持着距离，因为不知从何时起传出小道消息说，学长选择自杀，是因为初音向他提出分手。就连以前簇拥在初音身边讨好她的化妆妖怪们，也彼此悄声议论："哎，所以原因就是初音喽！""有点过分吧？立木学长好可怜噢——"她们的脸上流露出残酷的好奇心。

可是谁也不知道真相。

初音继续搭六点五十五分的公交车上学。没有了学长的车厢里，我一直低着头。下车后，我跟在初音后面穿过操场。来到球门柱前方时，初音的步伐没有加快也没有减慢，她挺直后背，直视着前方，径直走向教学楼门口的换鞋区。

有一次初音从鞋柜里拿出的室内鞋里，被人倒进了黑乎乎的土。初音的表情丝毫不变，在木条踏板上磕掉鞋子里的土，然后毅然穿上弄脏的室内鞋。我隔着楼门口的玻璃门，看着初音走上无人的楼梯。

"她可能快到极限了吧？"我事不关己地想。在公交车上看到的初音，样子一天比一天憔悴。原本就是巴掌脸，如今面颊越来越瘦削，比纸还薄的皮肤下青筋浮现，只有意志坚强的眼神没变。

我第一次和初音说话，是在学长过世大约一个月后，制服衬衫换成长袖的那天。

那天初音没有下公交车。其他学生都下车了，车厢里只剩下我和初音时，她依然握着扶手杆站着，仿佛那是通往另一个地方的路标。我有些犹豫，最后还是没有下车，因为突然觉得不能让她一个人待着。我不知道自己为什么会这么想，以前我不仅羡慕初音，甚至还想过要是没有她该多好。

司机显得有点意外，但也没说什么，又发动了公交车。沿着山路往上开，最后抵达了终点站"绿山墓园"。

初音没有回头，直接走进墓园。迎着早晨的阳光，阶梯状的斜坡上排列着无数墓碑。铺着碎石的台阶上杂草丛生。空气已经很凉了，只有一只蝉在鸣叫，仿佛知道不会有应和一般，声音听起来很哀伤。

一路拾级而上，山顶上有亭子和石头长凳，应该是供扫墓的人休息的地方。她不可能没发现我迟疑着跟过来。我鼓起勇气，在初音旁边坐下。石头冰凉而坚硬的触感，透过裙子传到了臀部。

"这里不错吧？"初音说。

从树林间可以望见山下的小镇，学校、车站和铁轨都尽收眼底。我不禁想，初音家和学长家在哪里呢？但我连自己家都找不到。远处屋舍林立的街道，就像玩具箱里乱七八糟的玩具，路像纯灰色的线条，建筑的玻璃窗像闪光的鱼鳞。

往来的车辆看起来好小，说是上了发条动起来的玩具车我也会信。感觉天地间只有我们两个活人。

"嗯。"

"这是我们常来的地方。"

"是嘛。"

"总是搭那趟公交车吗？"

"是啊。每天都看文库本,大部分是小说。"

我们都不提在说谁,沉默地坐了一会儿。高高的天空上,有风筝在迎风飞舞。

"我一直很喜欢他。"我说。我忍不住了,想说给别人听,想让人知道我的心意。

"我就猜是这样。"初音说。然后她咬着嘴唇低下头,肩膀在颤抖。几滴透明的水滴落在她裙角露出的雪白膝盖上。

"为什么?"初音说。她呻吟般地小声说了好几遍。不知何时蝉已停止了鸣叫。我忍不住紧紧抱住她,抚摩她单薄的脊背。

为什么?如果有答案请告诉我,我想知道。为什么?为什么事情会变成这样?

"那些流言蜚语都是胡扯。"

稍稍平静后,初音抬起头说。她的脸颊被泪水濡湿了。果然是个美丽的女孩子啊,我不合时宜地想。

"哪,亚利沙,帮帮我。绝对不能就这么算了。尚吾为什么非死不可,我一定要查清楚。"

被初音直呼名字,我感到有点害羞,因为这个名字跟平庸的我很不搭。才第一次说话初音就叫我的名字,也让我有些困惑。我很想说:"我们的关系没这么亲密吧?你是不是瞧不起我?"

但最后我被初音火一般炽热的愤怒和哀痛压倒了,点了点头。

无论在公交车上还是教室里,我和初音都不交谈,也不看对方。

只有在周遭没有人的地方,例如,放学后学校的屋顶平台,早晨墓园的亭子,我们才聊得火热。共同拥有的秘密和揭露秘密的兴奋,把我们联结在一起。

"所谓的为成绩烦恼?"

"从来没听说过。"

我问,初音回答,我们逐一核实流言。

从屋顶平台可以清楚看到操场,看到学长自焚的地方。从上方望下去,只有那里的地面上有隐约的黑影,就像还没被发现的岛屿。运动社团的社员、放学的学生踏过那块土地时,多少都吸收了学长的成分吧。

我们背对操场,靠着栏杆坐在屋顶平台上,望着已临近冬日的天空说话。

从初音娓娓道来的话里,勾勒出我所不知道的学长。

尚吾学习好得简直有点出奇。英语单词、历史年号看一次就记住了,其他的在家里做做参考书上的应用题,就能基本掌握要领,不管考试出什么内容,脑海里都会自然浮现出解法。

学长曾经笑着说,只要不考实操,他几乎是无敌的。事实上,暑假在知名补习学校举办的全国模拟考试上，学长也名列第二。他不是那种会炫耀成绩的人，初音开玩笑地从他手上抢过成绩排名表。

"吓我一跳，"初音说，"没想到全国第二名的优秀考生就在我旁边。"

"真的有这么聪明的人啊。"

我怎么都记不住英语单词。我泡澡时都带着单词卡，背诵生编硬凑的顺口溜，听说要让身体牢牢记住，就在房间里一边跳舞一边用手指在空中比画字母，但一切都是徒劳。最后我都要放弃了，觉得英语单词就是没法记住的。

"因为他忘不了，"初音有些落寞地笑了，"只要是看过、听过的东西，他的脑子就很难忘记。所以我跟尚吾在一起有点紧张。"

"为什么？"

"如果我说了奇怪的话，就会伤害到尚吾，对吧？一般人受到伤害的时候，有别的事情可以排遣，也会淡忘细节，渐渐就觉得，'哎，算了'。可是尚吾不一样。他就算想忘也还是记得，记得受到的伤害，记得伤害到他的话，不觉得这很可怕吗？"

"嗯，是很可怕。"

早晨的公交车上，学长总是在看书，几乎从不抬头。或许那并非因为全神贯注，而是不想看到和听到不必要的事，索性逃避到文字写就的虚构世界里。

"但尚吾从来没有诉过苦。我们有时吵起来,我很沮丧地想:'啊,说了不该说的话。'尚吾就说:'不用在意,你说的话我都是左耳进右耳出,你想说什么就说好了。'"

因为记忆力太好而苦恼,却依然对女朋友温柔相待的高中男生,感觉简直是独角兽般梦幻的生物。

若不是初音美化了学长,就是学长没有在初音面前流露出软弱的一面吧。初音说到学长都用现在时,听来就像是在絮叨他们的恋爱日常,让我莫名地有点烦躁,起了促狭的心思。

"我们去问问学长亲密的朋友,或者一起上补习学校的同学吧。"我提议道。

"为什么?"初音不满似的反问。

"在你面前说不出口的烦恼,也许会跟朋友谈谈。"

"尚吾跟谁关系都不错,但没有特别亲密的朋友。补习学校也只是去参加模拟考试,并不常去。"

初音脸上明显有了怒气。

"听说学长家经济很拮据,是真的吗?"

"我不太了解,不过应该是真的。因为尚吾和他妈妈住的公寓非常老旧。"

初音的表情不断变化,这次带着些许自豪,大概是想强调她去过学长家。我按捺住内心的懊恼，用讨好的语气央求：

"我想去公寓看看。"

"去干什么？"

"说不定会有日记、便条纸留下来，可以知道学长在想什么……"

"恐怕是白费力气，"初音打断了我的话，"尚吾的妈妈好像在葬礼后就离开了镇上，公寓早就搬空了吧。"

"离开了？跟男人一起吗？"

"谁知道，"初音笑了，"我说过了，流言都是假的。说我甩了尚吾也是，根本是胡说八道，其实是尚吾向我提出分手。"

"这样吗？什么时候？"

就算和初音分了手，学长也不会和我交往，更何况他已是过世之人。尽管如此，我的声音里还是难掩兴奋。

"盂兰盆节过后吧。"

"为什么？"

"谁知道。"初音又说了一遍，站起身来，隔着高高耸立的围栏俯瞰操场。她的脸上看不出表情。冰冷的风吹来，初音穿的藏青色开襟毛衣下摆不住飘动，看来就像是明知飞不起来依然拍打翅膀的鸟儿。

学长的妈妈是怀着怎样的心情搬走的呢？那天晚上一念及此，

我迟迟无法入睡。

毕竟是那样的死法，学长的葬礼也就办得很低调。我没有去。我是很想去的，但去不了。我不想看到学长在遗照里微笑，老师们话里话外也不希望太多学生参加葬礼。据说这是学长妈妈的意愿。最后参加葬礼的学生只有他们班的班长和副班长。即便如此，依然传出各种议论，诸如"学长的妈妈从头哭到尾""没有打开棺材瞻仰遗容，这也难怪呢"等，但没听人说在葬礼上见过初音。

初音说是学长甩了她，当时我也觉得很奇怪。真的吗？那为什么学长还要自杀？我越来越想不明白了。在墓园里初音为什么会落泪，为什么初音想知道学长自杀的原因，我也都想不通。

当然，这边刚刚被甩，前男友就谜一般地自焚身亡，任谁都会不安和迷惘，觉得难以理解，想要探寻原因吧。但她为什么会找上我呢？

因为我和学长搭同一班公交车吗？因为我和她一样喜欢学长吗？因为觉得我能分担她的悲伤吗？

我顶着睡眠不足的脑袋，和初音一起坐到公交车的终点站，在亭子的长凳上并肩坐下。风吹拂过墓碑，每一座都干燥发白。

"学长知道我吗？"

我下定决心问道。但我的声音太小，初音好像没听到，依旧望着山脚下的小镇，久久地沉默着。我几乎要放弃了。

终于，初音把手覆在我放在膝头的手上，她的指尖异常冰凉。

"我想起来了，尚吾曾经说过：'早上那班公交车上有个女生，应该是你的同班同学。'我问：'这样啊，是谁？'他说：'是个长头发，很文静的女生。'我第一次搭那班公交车时就想，说的就是亚利沙了。"

我高兴得差点落泪。学长知道我，他确实注意到了我的存在。

我又一次暗下决心，要解开学长自杀之谜。为了初音，也为了我自己。

架不住我三番五次的催促，初音终于带我去了学长住过的公寓。

我们在放学时各自搭公交车到镇上，约在车站前的书店碰面。那是家私营的小书店，书架间只有两条通道。就在我像鱼儿般在狭窄的店里游走时，后来出现的初音递了个眼色过来，我什么都没买就离开了书店。收银台后面的老板瞪了我一眼。

我穿过道口，第一次踏进铁轨的另一侧。我家在搭电车只要五分钟的邻近车站，所以对我来说，离高中最近的车站只是公交车和电车的换乘点。我很少到车站前转悠，也从未想象过车站另一边是怎样的景象。

我们走在小工厂和住宅密集的地区。流淌的小河边，是混凝土建成的护岸。河两岸老旧的木造二层住宅鳞次栉比，很多人家把衣服晾在屋檐下。街道上不时响起锻造金属般的沉重噪声。小得像车库的工厂车间里，大叔不知道在切割什么，火花四溅，药物的味道刺激着鼻黏膜。

整体的印象以灰色居多，就像在梦里遇到的小镇，沉淀着宁静的氛围，一切的轮廓都很模糊。

走了五分钟左右，初音从河边的路拐进纵横交错的小巷，又走了约十分钟。就在我开始担心一个人怎么找到回去的路时，终于到了学长住过的公寓。一楼和二楼分别有三个房间，露天的楼梯生锈发红，是栋看上去有三十年楼龄的公寓。

"就是那家。"

初音指着一楼角落的房间。那里似乎还没有新的租客入住，门口的信箱用胶带封了起来，门旁边的名牌上依旧插着写有"立木"字样的纸板。我突然害怕起来。

就在前不久，学长还住在这里。可是如今他已经不在了，不存在于任何地方了。一个人的消失，竟然是这么简单的事吗？连学长这样的人，都如此轻易就彻底消失了，若是我，又会如何呢？想来定然不会有人寻访住处，谁也不会发现我已经不在了，不，连我曾经存在过都无人在意，就这么消失了。

初音没理会伫立在门前的我，径自在生锈的楼梯下面蹲下来，好像想打开地面上淡蓝色的长方形盖子。

"你在干什么?"

"都来到这儿了,不进去看看就回去,不是太傻了吗?你看,找到了。"

初音举起暗银色的钥匙,应该是房屋中介偷懒藏在自来水管总阀那里。

我们开门进入空屋,里面散发着霉味和微微的下水道臭味。

一进门就是厨房,木地板上留着餐桌桌脚的印痕。厨房再往前是一个四叠半的房间,厨房的右边是另一个四叠半的房间和看似通往卫生间和整体浴室的门。

因为隔断的门都敞开着,两个四叠半房间一览无余。室内还有若干家具:小衣柜、空荡荡的碗柜、悬垂的灯罩、被晒到褪色前似乎是蓝色的窗帘。

"尚吾的房间在这里,"初音走进右边的四叠半房间,"天就快黑了,我们得抓紧时间找。"

"找?找什么?"

"当然是找便条纸、日记什么的啊,这不是你说的吗?"

初音打开壁橱的拉门,趴下去钻到底下。我杵在房间中央。说是要找,可学长房间里只有窗帘和灯罩。"喂,快点。"初音催促道。我只得翻翻窗帘、晃晃灯罩,傍晚橘黄色的夕阳余晖下,只有灰尘在飞舞。

学长在这里过着怎样的生活呢？我没有别的事可做，不由得胡思乱想起来。可是线索太少了，墙上、天花板上全无贴过海报的痕迹，连他喜欢什么样的偶像明星、运动选手都无从得知。

"找到了。"初音说着，从壁橱的隔板上爬下来，手里拿着一个细长的白色信封。她站在原地拆开信封，抽出几张信纸。上面用黑色圆珠笔写着工整的字迹。

"这是在哪找到的？"我颤声问。

"贴在那上面。"看着信纸的初音没有抬头，指了指壁橱的顶板。

"真的是学长的字迹？"

"嗯。"

我走到初音身旁，仔细瞧着信纸。我本来觉得把遗书贴在壁橱里很奇怪，但一看到信的内容，立刻就改变了想法。学长一定是知道妈妈如果发现遗书，就会将其销毁，又或是料想到她一定会不加清点就将儿子的物品全部处理掉，逃一般地搬走，才会将遗书藏在壁橱这种不易发现的地方。

他相信初音或我，或是我们，会来寻找真相。

　　我决定明天自杀。

事出突然，也许有人会感到震惊或悲伤。我从很久以前就已下定决心，所以慢慢处理身边的种种事情，以求到时不会让人太难过，给各位带来的麻烦，在此我先行道歉。

　　我是以死来抗议。我知道木下老师在跟我母亲交往，因为母亲看上去很幸福，我就选择保持沉默。但暑假开始后，母亲的状态就不太对劲，我一问才知道，木下老师要和别的女人结婚了。母亲很年轻时就跟父亲离了婚，辛辛苦苦把我抚养长大，虽然母亲说"这也是没办法的事"，但我无法接受。母亲嘴上说"没办法"，却生了病，又拿我撒气，我要安慰开解这样的母亲，也很疲累了。

　　我觉得一切都无所谓了。我厌烦了一把年纪还迷恋男人，自己不称心就拿儿子撒气的母亲。自从出生以来我一直很厌烦，厌烦生活中的一切。不论有怎样的未来等待着我，我的脑子都不会容许我淡忘。现在感受到的屈辱和愤怒，永远不会成为过去。

　　那就只有连脑子一起烧成灰烬了。唯一遗憾的是，看不到木下老师的表情。或许他会出乎意料地平静也未可知。他就是那样的货色。爱情、恋慕、言语、罪恶，全都转头就忘，泰然地生活下去。这是我无论如何也学不来的。

立木尚吾

木下是教日本史的老师，也是学长的班主任。他的年纪在三十来岁，戴着眼镜，是个很普通的男人，但为人和善，讲课也通俗易懂，颇受学生欢迎。

他自然去参加了学长的葬礼，那时他是怎样的表情呢？是和学长的妈妈眉来眼去，还是在她悲伤不已时，若无其事地扶住她的肩膀？真是厚颜无耻。

我在学校里没听说木下要结婚，上课时木下的态度也看不出变化。

我说把学长的遗书拿给人看，不管校长还是父母，只要是大人都可以。但初音说他们横竖只会把这事压下去，所以她不愿意。她说就我俩来调查核实，对木下追究到底吧。说完她就拿着遗书回去了，我也没法反对。学长向初音提出分手，是因为不想让她难过，既然知道了这一事实，学长的遗书就属于初音。

试探木下成了我的任务。我并非能说会道的人，心思也不机灵，我说我做不到，初音却不听。"拜托了，"她说，"我以前除了值日的时候，从来不去教职员办公室，而且老师们应该都知道我和尚吾交往的事吧？如果我突然刻意接近，木下会怀疑和警惕的。亚利沙你绝对更合适去接近他，放心好了。"

于是我没事就去找木下，假意询问讲课中听不懂的地方。日本史这种死记硬背的科目，要找出疑问并不容易，但我还是绞尽脑汁想出问题去问木下。

木下平常几乎都在社会科准备室，就好像教职员办公室待着难受似的。"噢，你决定考日本史吗？加油啊。"不管我什么时候去，他都是笑脸相迎，翻开教科书或参考书详细讲解。

社会科准备室不分年级，常有几个女生聚在那里，也不像是有问题要问的样子，总是快活地笑着拿木下打趣，木下也大大方方地说："你们别在这碍事了，快回教室去。"虽然我不是很能理解，但也许在别人眼里，他是个平凡却诚实稳重的男人，也许有女人觉得这样的他很有魅力。

跑了几趟后，终于碰到社会科准备室里只有木下一个人。木下解释旗本和御家人的区别时，我紧张地看着他的发旋。

"明白了吗？"坐在桌子对面的木下说，把教科书合上递给我。

"那个……"我鼓足勇气说道。木下抬起头看着我，眼里有似是笑意的从容，莫非他以为我打算表白？他该不会想，难怪这家伙最近老来问问题，果然是喜欢上我了吗？真是要命。

我气得快要透不过气来。想到可能让木下生出了哪怕一星半点的沾沾自喜，我就屈辱得想尖叫。回想起球门柱前面黑色的痕迹、阴暗老旧的公寓，我深吸了一口气。

"那个，听说老师要结婚了？"

木下的表情消失了。我判断不出他是扫兴地想"什么，原来是这件事啊"，还是顿时感到不安。

"你是听谁说的？"

"我去教职员办公室的时候，听到点儿风声。"

"这样啊，"木下露出了笑容，"先别说出去哦。"

"恭喜老师了，几时举办婚礼呢？"

"嗯，预定在十一月中旬。"

"那很快了啊。"

我拿起教科书，行了个礼后离开了房间。

不可原谅，不可原谅。怎么会有这样的男人。我冲上楼梯，一看到在屋顶平台等我的初音，就忍不住放声大哭。

"木下那家伙，笑着说十一月结婚噢。这不是太过分了吗？学长都死了！"

"我们该怎么做呢？"初音抚摸着我的头发，唱歌般地说，"我啊，只要能让木下认识到自己干了什么好事，就算死了也无所谓。你呢？"

十一月初的早会上，副校长宣布了木下要结婚的消息。操场上响起掌声，我和初音木然地站着，在学长自杀的操场上。

怎么办才好呢？我还没想出任何法子，周五就到了，周末木下就要举行婚礼。我心不在焉地上着午休前的英语课。初音早上搭了公交车，但一上午都没来上课。她去哪儿了呢？今天一定得想出办法，我暗自心焦。可是初音不在，我就一筹莫展，只能百无聊赖地听着老师讲课。

忽然，操场上骚动起来。我的座位靠窗，不经意地向窗外瞥了一眼，只见穿体操服的一年级学生抬头望着天空，不知在说些什么。是出现彩虹了吗？我正要收回视线，却发现连体育老师也在往天上看。

他们不是在看天空，是在看屋顶平台。

就在我意识到这一点时，透过玻璃窗，隐约传来体育老师的声音：

"楢崎，不要这样！"

老师们纷纷从办公室走到操场上，我猛地站起来，越过惊讶的英语老师，飞奔到走廊。这时各间教室都人声嘈杂，我一步跨两个台阶冲了上去。"别过来，别靠近。"初音好像用了扩音器，飘下来的声音有些嘶哑。

通往屋顶平台的门口挤满了教室离得最近的三年级学生。几个老师大声喊着"快回教室"想要疏散堵住门口的学生。我拼命挤过人群，来到门口。

我看到屋顶平台洒满冬日澄澈的阳光。初音背对我坐在栏杆上，俯视着操场。

"初音!"我大声呼喊,"初音,我也去!"

老师把我往回拉,我极力挣扎。初音回过头,微微一笑。

"让亚利沙过来,不然我就跳下去。"

我穿过空无一人的屋顶平台,站到护栏下方。

"你看,这景色多美。"

初音扭过身,向我伸出左手。她的右手握着应该是从体育仓库拿出来的扩音器。看到初音没有任何支撑,操场和屋顶平台都响起一片惊叫。

"会晃的,抓好了。"我说。看看初音的左手重新抓住栏杆后,我才爬上铁丝网,和初音一样坐在栏杆上。校舍是四层建筑,护栏外侧只有屋顶平台延伸出去的混凝土地面。操场离得很远,但不可思议的是,我一点都不觉得害怕。

风很大。飘浮在浅蓝天空中的云朵,被冰冷的空气改变了形状。

从操场抬头看着这里的人群中,也有木下那紧张的面孔。是了,我们打算做什么,你应该心知肚明吧。

我笑了,旁边的初音也笑了。我的右手和初音的左手在栏杆上重叠,她的手与往日不同,十分温暖,让我很奇怪,明明这里这么冷。

"你们当中有一个行径卑劣的人,"初音用扩音器说,"一个犯下背叛罪行的人。"

初音和我都看着木下，木下纹丝不动。操场上的学生注意到我们在直视某个地方，于是顺着视线望过去。"难道是……""不会吧……"窃窃私语声像波浪般漾了开来，木下的周围自然而然地空出一圈。

"如果不自己站出来，我们就跳下去。"

但木下依旧没动。初音搁下扩音器，向我看来。我也下定决心看着初音。我们顺着栏杆滑下来，站到外侧的混凝土地面部分，宽度只有五十厘米左右。尖叫声大了起来，我们反手抓住铁丝网，让身体保持稳定。

山丘上传来警笛声，警车和云梯消防车出现在操场上。副校长快步迎了上去，麦克风终于送过来了。

"你们两个——"校长喊道。

"闭嘴！"初音大喝一声，校长当即闭上了嘴。学生们忍不住窃笑起来。

"不许你们说已经忘了。"初音优美地伸出左腕，指向球门柱前方。操场上众人的视线一齐望过去，然后又收回来。每个学生的眼里都闪着期待、好奇和对掩盖真相继续下去的日常生活无法压抑的怒火。

慑于越来越紧张的气氛，中年数学老师从屋顶平台门口走过来，柔声劝说:"有话到里面来说吧。"我松开抓着铁丝网的手，走到混凝土地面的边缘。初音一只脚跷到半空，把室内鞋甩了下去，操场上响起一阵惊呼，数学老师在屋顶平台的中央停下了脚步。

"我数到十，是自己站出来，还是若无其事地看着我们丧命，你选哪一个？"

初音再次双脚着地站稳，让我稍微放了心。从这里一跃而下，应该来不及感到疼痛就死掉了吧。但万一全身骨折却活了下来，该怎么办呢？不管是死是活，父母都会又愤怒又哀痛地说"为什么干这种蠢事"吧。对不起，但我不是一个人，有初音和我一起。我们是为了自焚身亡，死后还被大人们无视、背叛的学长而赴死。

为了让你们再也无法忘记，为了让你们再也不能假装忘记。

亢奋感如同闪电般直击内心深处，把我们变成两根闪闪发光的柱子。

我和初音手拉着手，膝盖用力。数到五后，我们使劲稳住颤抖的脚，调整重心向前。学生们有的闭上眼转过头，有的怔怔地张着嘴，也有的兴奋地用手机拍照，跟别人说话。背后有人在喊:"别这样！"但我们没有回头。

"八。"初音说。我们握在一起的手上，沁出了不知是谁的汗水。

就在初音深吸一口气，准备说"九"时，木下跪在了操场上。

接着，他缓缓俯下身去，双手贴在地面上，朝着屋顶平台摆出郑重谢罪的姿势。

瞬间的寂静过后，学校里爆发出不知是欢呼还是怒吼的声音。几个老师慌忙把被学生包围的木下带去教职员办公室。

我们迎风而立，注视着底下的骚动。

学长自杀好像是因为木下的关系。木下和学长的妈妈之间好像发生了什么。当这种流言流传开时，我才终于反应过来。

我该不是被初音骗了吧？

怎么会呢，我试图打消疑虑。但初音看都不看我，我在墓园的亭子那里等她，她也不出现。她似乎不想再跟我说话了。

"那是怎么回事？""你干吗要陪楢崎去屋顶平台？你跟她又不算要好。"朋友们都想知道缘由，但我只是笑着敷衍过去。我被父母和老师狠狠责骂和追问，但我什么都没解释。

翌年春天，木下调到了另一所县立高中。这是早先就定下来的，还是因为那场骚动，谁也不得而知。据说婚礼依旧如期举行了。

我没有向任何人透露过内情，但初音却成了勇敢为男朋友报仇的悲剧女英雄。初音再也没搭过六点五十五分的公交车，她被化妆妖怪们簇拥着，美丽沉静地微笑。

她已经回到了原来的生活。

而平庸的我不过是个好用的共犯，用完就扔吗？

我又迷惘又气愤。初音撒了谎。卑鄙的是初音。她说学长知道我，怕也不过是信口胡扯罢了。但我没有勇气质问初音。谁会倾听我的愤怒呢？谁会在我诉说后安慰我呢？美丽的初音和平凡的我，揭露罪恶的初音，和就站在她身边却被人遗忘的我。

我只能沉默着，一遍遍思量着可怕的疑问。

如果学长的遗书是初音伪造的呢？

或许和木下交往的不是学长的妈妈，而是初音。我没有任何证据，但同样没有证据证明学长的遗书是真的。我并不认识学长的字迹，只觉得那是男生的字，但也有可能是初音找人写的。初音的话，想必有的是乖乖听命的男朋友。

初音和木下交往，向学长提出分手，学长绝望之下，在开学前一天浇煤油自焚。球门正对着教职员办公室里木下的座位。木下那天可能来上班了，看到学长燃烧起来，拿着灭火器跑过来的人，可能就是木下。这一切只是我的想象，但木下的确每天都待在社会科准备室里，就好像极力回避看到学长死去的地方似的。

学长的死当然让初音很受打击，所以她才去搭学长搭的那班公交车，为的是悼念学长。

但她主动跟我说话，是因为木下向她摊牌说要跟别的女人结婚。学长死后深陷流言旋涡的初音，想把责任推给甩了自己的木下，为此她需要一个共犯，一个能证明她没有任何过错，学长是因木下的缘故而自杀的、方便好用的共犯。

从这个角度来看，初音突然亲昵地叫我"亚利沙"、遗书藏在壁橱的顶板上，凡此种种都有了合理的解释。甚至那间公寓是否真的是学长的家，也很值得怀疑。

初音唯一的失算，就是我对这场风波始终闭口不谈。而这是缘于我对初音的友情。于是初音只有自己散播流言，利用流言有意无意地把自己塑造成悲剧女英雄。面对想要知道风波真相的化妆妖怪，初音应该是刻意露出忧伤的表情吧。

我不禁嗤笑起来。嗤笑过后，旋又陷入空虚。

到了这地步，我内心某个地方仍然是相信初音的。

初音的眼泪不是假的。她颤抖的脊背、提到学长用的现在时、手拉手时的温暖、她所有的愤怒和悲伤都是真实的。我无法抑制地这么想，情绪汹涌得让我无可奈何。

和初音一起站在屋顶平台时，我觉得人心尽在掌握。以死为后盾的那个瞬间，要制服谁、原谅谁，全在我们两人的一念之间。

我们就像神一样，能够洞悉别人的感情和思想，发挥力量。

然而到最后，原本已经掌握的真相却消失了，学长为何选择自杀，我依旧不得而知。就连初音在想什么，我自己想要什么，也都没有答案。

今后我也会像以前那样生活下去吧。不引人注目,没有人特别需要我,谜团或秘密也依旧无解,平平淡淡地过着日子。

然而那件事确实沉在我们内心深处,如同淡紫色的天空划过闪电,而后隐隐响起雷声一般;如同湖中心泛起银色涟漪,渐渐扩散到岸边一般。

那件事慢慢地逼近,侵蚀着我们的心。不,或许是把我们的心打磨成全新的形状,就像刀或宝石那样,可以熬过漫长的岁月。

哪怕数十年过去,红色的火焰也会照亮黑暗,不容许我们忘记。

繁星夜游

我也真够粗心的,好一阵子都没发现香那其实已经死了。

香那到我这里来,是在将近凌晨的时候。我听到有人走上露天楼梯,就放下正在写的课题报告,打开公寓的门。

"好晚啊。"

"抱歉,都这个时间了,超市里还很多人。打工的职员好像是新手,收银台也排了长队,花了很多时间。"

香那带着闷热的空气走了进来。她背后的户外灯闪着青白的光,引来了很多飞虫。香那笑容满面,头发散发出甜美的香气。她身穿深蓝色的无袖洋装,光脚趿拉着懒人凉拖,两手空空。

"那你买的东西呢?"

香那一瞬间低头看了看自己的双手,又笑着望向我:

"因为太花时间了,最后什么也没买就来了。"

"太傻了吧。你本来想买的东西呢?又挨个放回货架上了?"

"嗯。"

"那样更花时间吧。"

算了，进来吧。我催促香那，然后去厨房看看冰箱里有什么。我听到关门的声音，香那走过厨房，到里面六叠大的房间里坐下。

"啊，真凉快。"

"剩的东西可以做个炒饭，吃吗？"

"不知道啊，阿英你呢？"

"我早就吃过了。你说十点过来，也来得太晚了吧，是打工的时间延长了吗？"

"嗯，还好啦。"

我把发蔫的葱和只有半根的胡萝卜洗了，细细切好。

"你要做什么？"

"就说是炒饭啊。"

说完我回过头，就看到香那满眼期待地要站起来。

"你坐着吧，是担心过期了吗？"

"不担心。"

"差一点点就到期了。"看着新从冰箱拿出来的火腿，我笑了。我把火腿也切成小块，跟其他食材一起下到平底锅里，轻轻翻炒着。

我暗暗怀疑，香那该不会跟打工地方的店长有一腿吧？在音像出租店打工的日子,她总是因为要加班等原因很晚才过来。我们在一起的时候,店长也会不时打香那的手机。我叫她不要理会,香那还是接起电话,说"那天有空哦"之类的话,跟他商量排班的事。到底是不是在商量排班,我很怀疑。

"我打了好几次你的手机,至少转接语音信箱吧。"

"不会吧?哎呀,今天手机好像忘在家里了。"

我把鸡蛋打进平底锅翻炒片刻,确认已经半熟后,把电饭锅里的剩饭放进去,撒上中式风味的调味粉和胡椒盐调味。

"没带手机就用公用电话联系一下,从店里到这边路上很黑,我不是一直都说要去接你嘛。"

"现在已经没有公用电话啦。"

"那就借店里的电话。"

"好,下次我就这么办。"

香那不喜欢我管她,这时似乎也有些不满,但我把炒饭装盘放到矮桌上时,她又露出了笑脸。

"好像很好吃呀,我吃啰。"

"嗯,吃吧。"

我在窗边的书桌前坐下,凝视着笔记本电脑的屏幕。做炒饭的当儿已经过了十二点,现在是提交报告的最后一天了。我已经尽量浏览了现有的研究论文,也熟读了教科书的相关内容,还反复考虑了自己的实验数据，接下来只消汇整成文章即可。然而这真是好麻烦啊，我可以把数据做成一目了然的表格，条理清晰地讲述研究结果，写文章却完全不在行。我有一搭没一搭地敲着键盘。

"对了，香那，你明天——已经是今天了，有考试吗？"

"有，从第一节课开始。"

"那一起去吧。我的考试从第二节课开始，但报告一大早就得交到教务处。"

"来得及吗？"

"应该可以。"

我伸了个懒腰，一边向香那望去。香那一点都没动炒饭，热气已经消失，盘子里的饭粒正在变硬。

"怎么了，你不吃吗？"

"嗯。"

"不舒服吗？"

"没有。"香那露出为难的表情，"这么晚了，我怕吃了会胖。"

那我做的时候你就该明确告诉我"不用了"啊。虽然心里这么想，我还是忍住了。如果说出口，香那一定会反驳："我还没来得及说，阿英就开始做了啊。"我不想跟她吵架。

我炒个饭并不是什么值得感激的大事，不过确实有想表达"我对香那无微不至"的意思。

"那就包上保鲜膜放冰箱里。我还要再写一会儿,你洗个澡先睡吧。"

"嗯。不好意思,阿英。"

我想继续写报告,却又忍不住在意背后的香那。她一动也没动,依旧坐在那盘炒饭前。搞什么啊,真是的。我不耐烦地从椅子上站起来,拿起盘子送到厨房,动作难免有点粗暴。

说不定香那是想提分手,那就早点说出来啊。我心里这么想着,又盼望并非如此。因为害怕生变,最后我假装浑不在意,既不看她,也不跟她说话,径直从她面前走过,对着电脑装出写报告的样子。装着装着,渐渐真的埋头写起来,最后我几乎忘了香那的存在,专心一意地写报告。

终于把报告写好打印出来的时候,已经是凌晨三点多了。我把事先领到的封面纸放在报告上,用订书机订起来,连同考试科目的笔记和教科书一起放到书包里,准备完毕。

香那把脚伸在矮桌底下,躺在榻榻米上睡着了,没洗澡也没换睡衣。我想把她叫起来,看她睡得正香就作罢了。我从壁橱里拿出毛巾被给香那盖上。我的手微微碰到她裸露的肩膀,感觉皮肤冷冰冰的。

我调高了空调的设定温度,上床睡觉。

到了早上，香那还是什么都没吃。她说："可能是苦夏吧。"我有点担心，洗了澡后很快换好衣服。虽说已经调高了温度，彻夜开空调怕还是不大好。香那在打工的音像出租店也一直吹着冷气。

一想到"音像出租店"，我就把担心都忘了，心里暗暗生气。香那以前就有低血压，我特意做的早饭她也经常不吃。反正到了中午她就会忘记食欲不振，去学生食堂吃饭了，我觉得不管她也无妨。

香那没有洗澡，好像只在洗手台洗了把脸。我本以为一定会有汗味，但悄悄深吸了一口气，依旧只闻到甜美的香气。女孩子真是不可思议的生物，这也太方便了。现在是梅雨季节行将结束的七月，如果是我，只会满身是汗，不洗澡根本没法出门。

我开车去大学。在这一带开车上学是很普通的事，学生几乎都有二手车。大学城这名头说起来好听，其实是大片土地的乡下只有大学和研究机构。大学离车站很远，再加上占地面积广阔，从进校门到要去的院系还远得很，所以学生基本都是开车或骑自行车上学。大学方面并未禁止车辆进入，汽车和自行车的停车场也都很大。这地方的土地真是要多少有多少。

我的爱车是爸妈出钱买的二手March，颜色是杏黄色，圆溜溜的外形让我觉得有点可爱过头，但以里程数来说，价格很合适，于是就买了。反正只要坐上车，颜色和外形我也看不到。

香那很喜欢我的车。我的公寓和香那的公寓都在车站和大学的中间，但香那跟我过着半同居生活，这也是因为香那没有车，跟我一起住上学比较方便。我们上的那所大学里，同居的学生不在少数。街上泌尿科、妇产科诊所林立，这地方性病罹患率和人流率之高，对我这种上医学院的学生来说，根本用不着再议论，就是亲耳听闻的事实。

我让香那坐到副驾驶座，开着March大约十分钟就到了大学。我先把香那送到文学院的教学楼，跟往常一样把车停在树荫下，绕过车身替她开副驾驶座的门。平常香那总在座位上磨磨蹭蹭，拿包包啦，脱毛衣外套啦，今天却空着手。

"你不是要考试吗，连文具都没带？"

"没事没事，我找朋友借就行了。谢谢你，阿英。我午休时再去找你。"

"你有自行车吗？"

"一直放在学校里。"

香那下了车，挥手说了声"回见"，然后朝教学楼走去。

我再次坐上March，开向校园最里面医学院的教学楼。

我交了报告，第二节课考了解剖学。虽说是临阵磨枪，但考得还算不错。因为早上匆匆忙忙什么都没吃，我已经饥肠辘辘，出了教学楼便走向主要是医学院和理工学院学生就餐的学生食堂。不知何时香那已出现在我身边。

"这么早啊。"

"嗯,我猛踩自行车过来。"

话虽这么说,但她一滴汗也没有。

正要走进学生食堂那栋楼时,有人叫住了我。

"佐佐木同学!"

是跟我同一个社团,和香那关系也很好的文学院的下条小姐。下条小姐在我们眼前下了自行车,调整了一下呼吸。

"太好了,找到你了。我打过你的电话,但转接语音信箱了。"

"啊,不好意思,"我从口袋里拿出手机,"我刚才在考试,关机了。有什么急事吗?"

"你知道香那在哪里吗?"

"啊?"

我看看下条小姐,又看看站在旁边的香那,香那面无表情。

"明天就要考试了,她借我的文学史笔记还没还。我昨天给她打电话,她一直没接,今天也没来大学。"

"香那不就在这里吗?"

我指着旁边,这次轮到下条小姐说:"啊?"

她交替看着我和旁边的香那,"现在可不是开玩笑的时候。"她气恼地说。

我并不是开玩笑，可下条小姐看起来也不像是开玩笑。

难道说……明明烈日当空，我却知道自己的脸色变得苍白。

"我见到香那，会告诉她的。"我对下条小姐说。

"喂！"我抓住香那的手腕，不，是我想抓住，手指却穿透了香那的身体，就像碾过冰凉的果冻，在空中握成拳头。下条小姐讶异地看着我，我慌忙放下手，迈步走开，总之先离开这里。香那也跟了过来。

"一定要说到哦。"下条小姐在背后叮嘱了一句。

我好容易才走到那栋楼背后无人的地方，在露天的水泥楼梯上坐下来，只觉得像贫血般头晕眼花。香那也拘谨地坐到我旁边。

"真是不敢相信，你已经死了吗？"

被我一问，香那沉吟着说：

"唔……我也不是很清楚。不过，好像是的。"

"什么时候！"

"昨晚吧，我不大记得了。"

"你来我家的时候，就已经死了吗？"

"大概是。"

这种对话简直会让人发疯。或许我已经疯了也说不定。

我从小就能看见灵魂。它们出现在我视野里时，有着与实体几乎无异的质感。

我老家附近的十字路口总是站着一个老婆婆，郊游去的城址公园有武士用麦糠喂池里的鲤鱼，但鲤鱼并没有发现麦糠和武士。我还见过穿着兽皮走路、看似绳文人[1]模样的灵魂。不只是人，我还看到过狗、猫和鸟的灵魂。从老家的阳台望出去，只有我能看到挺立的大樟树。初中上生物课的时候，用显微镜观察水蚤标本，其他同学都只画了一只，我却画了两只，大概是刚被盖玻片压死的水蚤的灵魂也显现了出来。

我的父母都是医生，从我小时便反复告诉我，那些只是我的错觉。我也觉得是错觉，倘若世间万物都有灵魂，并以生前的模样留在这世上，世界上岂非充斥着死去的人、动物和植物了。我看到的灵魂的密度，比起至今为止地球上死去生命的数量少得太多，所以我觉得只是错觉，也从未向别人提过自己看得到灵魂。父母应该也忘了我小时候说过能看到灵魂的事。

然而香那看来是死了，却又分明就在我身边。为了慎重起见，我再次伸出手触碰，伴随着冰凉的感觉，我的手穿过了香那。

昨天白天我还见过她，后来不知道她已经死了，却依然看到她的灵魂。若说这是错觉，无论从逻辑上还是时间关系上都说不通。

---

1 指旧石器时代后期生活在日本列岛上的原住民，因制作绳文图案的陶器而得名。

果然是因为我拥有看到灵魂的能力，所以很自然就觉得香那是变成鬼魂了。这种"自然"很离奇，我好歹也是个立志学医的人，从常识上很难接受，但我确实看得到灵魂，所以也是没办法的事。

"这是怎么回事？"我努力稳住心神，"香那，你真的死了吗？"

"我自己还没有真实感就是了。"

"灵魂的世界是怎样的构成呢？是因为对这个世界还有留恋，所以留下来的吗？"

"留恋啊，嗯，是有留恋。我还年轻，我不想死。虽然已经死了，也觉得自己还没死。"

"怎么会死了？"

"我不知道，只记得想去见阿英，然后就站在阿英的公寓门口了。"

所以香那留恋的是我？我不禁满心怜爱，抱住变成果冻状的香那。但要很小心地轻轻搂着她，才不会把她挤变形。

"能升天吗？"

"好像不行。"

"没看到发光的道路延伸出去，过世的奶奶向你招手，或者朋友的灵魂呼唤你吗？"

"什么都没有。我奶奶和外婆都还活着。我看到的东西跟生前没有任何区别。"

"伤脑筋。"

"嗯。"

我还得继续考试,于是回到医学院的教学楼,一边考试一边肚子饿得咕咕叫。香那不用在我面前假装还活着了,抱着膝盖坐在讲台角落,偶尔走到我桌子前撺掇说:"想怎么作弊都可以哦。"但我摇手拒绝。隔壁座位的男生注意到我的动作,厌烦地瞥了我一眼。

我开车载着香那回到公寓,再从公寓走向音像出租店。

"你回想一下昨晚的情况,是几点离开店里的?"

"十一点左右吧。工作结束后,跟店长聊了约半小时。"

"聊什么呢?"

"就排班之类的,很多事啊。"

蝉在行道树上鸣叫,可能是刚从土里爬出来,声音仿佛还没睡醒。偶尔有车开过褪色的柏油路。我们并肩走在人行道上,投在地面上的影子只有我一个。

"然后就去了超市吗?"

"是的。昨天我跟你说什么都没买,其实买了肉和青菜,有两大袋呢,应该是掉在哪里了。"

香那走到岔道上,在前面站定。这是从超市到我公寓的近道,小路连人行道都没有,一边是杂树林,到了夜晚黑沉沉的,人迹稀少。

"不是一直跟你说别走这里吗?"

"可是我急着早点去阿英那儿。"

我在路边发现了淡淡的血迹和刹车的痕迹。

"难道是被车撞了吗?"

"我也有这种感觉。可我的尸体上哪儿去了呢?还有我的购物袋和手机。"

"你不是说手机忘在家里了吗?"

"那是骗你的,我觉得自己好像死了。要是阿英发现我是鬼魂,把我赶出来,那就很伤心了,所以我撒了个谎。"

我有香那家的备用钥匙,于是去了她家。公寓的自行车停车场停着熟悉的自行车,看来她说放在学校也是谎话。

她本人就在我旁边,却用备用钥匙开门,感觉怪怪的。室内很闷热。

"不要不拉窗帘就在窗前晾内裤呀。"

"有什么办法,我也想不到阿英会来。"

"不是我来不来的问题,是容易招来犯罪。"

香那都已经变成鬼魂了,还劝告她当心坏人,也是很可笑的事。我找了一下,果然没有找到手机,于是照香那的指点拿到下条小姐的文学史笔记,离开了房间。

音像出租店的店长是个二十六七岁、感觉有些吊儿郎当的男人。我跟他说香那昨晚没回来,他显得很吃惊。

"香那十一点就离开店里了。请问你是?"

"我是香那的男朋友。"我颇感骄傲地说。店长却只轻飘飘地回了句:"哦,就是你啊。"我顿时泄了气。

"她会不会是回了自己的公寓,或是去了朋友家呢?"

开什么玩笑,香那已经变成鬼魂了,就在我旁边呢。我很想这么说,但还是忍住了。香那看起来也很不自在。

在香那的催促下,我给下条小姐打了电话,然后在超市门口等她。她骑着自行车过来了。

"刚才我去了香那的住处,找到了笔记,还给你。"

"香那呢?"

"她不在家。昨晚她说要来我家,一直也没来,我还以为她在家睡懒觉,好奇怪。"

"应该是去哪儿了吧。"

我把下条小姐带到残留着血迹的小路上。

"你怎么看?"

"还是报警比较好。"

果然是这样。香那也点了点头,于是我打电话报警。警方起初似乎觉得香那是上哪里闲晃去了,不然就是自己玩失踪,并不怎么想搭理,但我再三强调路上有疑似车祸的痕迹。最后警察过来测量了路面的宽度，给刹车的痕迹拍了照，提取了残留的血迹。

我和下条小姐都被带去警局做了笔录，香那也跟着去了。我把对下条小姐说过的话又跟警察说了一遍。可能我有被害妄想症，总觉得警察在怀疑我，让我心情很不好。

天已经完全黑了，我和香那一起回到公寓。香那也有些不高兴。

"我以前就觉得，阿英你是不是对我跟店长有什么误会？"

"没有啊。"

我饿得快昏倒了，从早上到现在什么都没吃，就把昨天晚上做的炒饭用微波炉加热。

"绝对有，你刚才对店长的态度也很恶劣。不要这样，他可是我的雇主。"

你都已经死了，就算店长对我印象不佳，又有什么关系。我很想这么说，但还是忍住了。为什么要这么在乎店长怎么想？我把热好的炒饭端到矮桌，拿起勺子。

"香那你吃吗？"

"你真坏！"

香那发了脾气，在床上乱跳、踢靠垫，还想打翻堆放的教科书，但她好像碰不到东西。反正不会有实质性的损害，我也就随她去了。但直到吃完炒饭，她仍在闹个不休，我渐渐也厌烦起来。

"你有完没完！"我怒吼道，"那我凭什么要被那个男人嗤笑说'哦，就是你啊'？"

"我哪知道，那只是阿英你自己这么觉得吧，店长根本就没笑。"

"你跟那个男人是怎么说我的？"

"没什么，很平常啊。"

"平常？"

"啊！啊！真是够了！"

香那胡乱拨弄着头发。即使变成了灵魂，好像还是可以碰触自己的身体。

"没错，店长向我表白过！但我干脆地拒绝了。我说我有阿英了，不能跟他交往。昨晚说完排班的事，后来就一直听店长抱怨！"

我在向死去的女朋友发泄自己的嫉妒。香那都已经死了，我还在怀疑她的感情，不知道该不该相信她的话。这是多么空虚又愚蠢的事。

"阿英太冷淡了！"

香那哭了起来，眼泪顺着脸颊滴落在榻榻米上，却没留下任何痕迹，比雪花还要虚幻，不知消失去了何方。

"我都已经死了，你还一点都不担心。现在是在乎有没有劈腿的时候吗？我根本不知道往后该怎么办，不安得要命！"

在我面前的香那跟以前一模一样，所以我完全没觉得她已经死了。我向她道歉，想替她理好乱七八糟的头发，但我的手指丝毫不起作用，香那一边抽噎，一边自己伸手整理头发。

真是漫长的一天。明天的考试我还一点都没复习，却已经累得要死了。我催香那上了床，跟她并排躺下，用一条毛巾被盖住肚子。昨晚我没发现，其实毛巾被没盖在香那身上，而是直接耷拉到榻榻米上。

睡在身旁的香那感觉凉冰冰的。我心想，死者的世界吹拂的风这么冰冷吗？都不需要开空调了。现在是夏天还罢了，到了冬天该怎么办呢？我不禁担心起来。如果对香那说跟你睡好冷，能不能别到床上来了，香那一定又会发飙。

警察判断这是肇事逃逸案件，展开了侦查。凶手应该是为了消灭证据，把被撞倒的香那搬到车上，不知运到什么地方去了。两个塑料袋和手机也一并被带走了。

"真是残忍的家伙啊！"

"送到医院就好了啊。"

我和香那都很愤慨。

车祸现场附近设立了几块征集目击线索的牌子。香那的父母来到大学城，在车站前分发印有女儿大头照的传单，我也以朋友身份去帮忙。香那的父母形容憔悴，拼命寻找女儿的下落，希望她平安无事。我也希望香那平安无事，可是没办法。香那就站在发传单的母亲旁边，竭尽全力安慰她："妈妈，对不起。""别哭了。"然而她听不到。只有我能听到香那的声音。

蝉声聒噪。

香那白天黑夜都同我在一起。我吃饭、学习、和朋友聊天，她就在一旁看着、听着，每天在我的公寓里同起同卧。我告诉香那我从小就看得到灵魂，这是我第一次向父母以外的人透露。如果香那还活着，没有变成鬼魂出现在我面前，我会一直保守这个秘密。我觉得香那死后反而跟她更亲近了，香那好像也有同感。

"那边的人行横道上有个五岁左右的小男孩。"

"我看不到。"

"是吗？小男孩似乎也看不到香那。"

"阿英比我还要接近那个世界呢。"

一点都没错。我和香那聊着死后的世界。本以为如果有灵魂存在，不管是在那个世界和睦相处还是吵吵闹闹，总归是件好事，然而看来全然不是这样。不知道是不是灵魂们各自处在次元、波长不同的地方，香那完全看不到别的灵魂，别的灵魂也看不到香那。

"虽然看到的景色和生前一般无二，但着实寂寞得很，"香那说着，低下了头，"不过，我还算运气不错了，幸好阿英看得到灵魂。"

我小心不破坏香那的轮廓，把她揽入怀中，心想要是我看不到就好了。只要没有看到灵魂的能力，我就能抱有香那还活着的希望。

生者和死者的界限在哪里呢？我思念故乡的父母时，和思念死者在距离、心情上有什么不同？并没有什么不同。莫非生者和死者的区别，就是生者总有再见面的时候吗？可是父母和我都有可能没见到对方就猝然离世啊。如果是这样，那分手后再也不想碰面的前女友又怎么算呢？我想起她的时候，比想起关系要好的死者感觉要生分得多，虽然前女友应该还活着，感觉却比死后依旧在我身边的香那更遥远。

我和香那开着 March 夜游。这是香那变成鬼魂前我们就有的习惯。我们绕着规划整齐的大学城兜风，数着研究机构亮灯的窗户。有时我们也会朝着黑黢黢的山影而去，一路开到郊外。车头灯照亮了曲折的道路，晚风中，我们驱车穿过沙沙作响的树林。

我们在观景台上歇息，城里的灯火尽收眼底。很多人生活在这个地方，我认识的朋友、老师、邻居，不过是其中的沧海一粟。大部分人我既不认识也不知道姓名，在路上像幽灵般擦肩而过，彼此都不会看对方一眼。对他们来说我就跟死者没两样，对我来说他们也同样如此。我心里这般想着，眺望着夜晚的街景，仿佛已置身于那个世界。

"不冷吗?"

"不冷,阿英呢?"

"我也不冷。"

我们一如生前那样交谈。既然没有任何改变,我觉得死了也不打紧。香那的尸体没有找到,也没有被送到医院的迹象,凶手应该是把流血的香那埋在了某个地方。香那已经死了,她说她好寂寞。

如果香那进入了不同次元、不同波长的所在,我就再也见不到她了。那样的话我也会想死,好让香那不寂寞。

直到香那死后,我才终于发现自己很喜欢她,对她的爱意不断加深。我真够糊涂的。

"星星很漂亮。"

香那在旁边抬头望着夜空,愉快地说道。

开着March回到公寓,我们紧紧相依着入睡。感受到香那身上寒意的季节快要到了。

暑假结束后,香那依然穿着无袖的洋装。

在忧心香那的朋友面前,我很难表现出恰如其分的担忧、不安和悲伤,毕竟香那就在我身边。和香那说话时也要注意音量。

由于诸如此类的原因,我在大学时尽量单独行动,闲暇时间也不跟别人接触。朋友都将我的变化归结为因女朋友下落不明而消沉，下条小姐说："我理解你的心情，不过也别太压抑了，香那一定会平安回来的。"

香那很生气。

"下条那家伙，不会是对阿英有意思吧？阿英你也是，这么容易就被迷住了。"

"我没被迷住啊。"

"你就是被迷住了。'被迷住的脸'是什么样，我可清楚得很。"

香那在房间里气势汹汹地走来走去。不知道是公寓老旧还是灵异现象，柱子和天花板都在啪嚓作响。

"什么'一定会平安回来'，她才不是这么想。"

我也觉得下条小姐的话只是空头人情。认识香那的人，大概连她的父母在内，内心深处都放弃了希望，料定她已经死了。警察早已停止去医院走访调查，专心排查可疑车辆。

为了让香那心情好些，我邀她去超市购物。经过她被撞倒的地方时，香那的反应很平静。

"凶手的模样，开的什么车，这些都想不起来吗？"

"完全想不起来，我应该是从背后被撞飞的。"

香那的口气就像在说别人的事。要是变成鬼出现在凶手面前，也能多少报点仇，但她完全没这个意思。

连自己的死因都毫不在意的香那，在超市看到音像出租店的店长时却脸色大变。店长跟和香那年龄相仿的女孩一起愉快地购物，店长提的购物篮里装着萝卜和女性生理用品。

"之前那么甜言蜜语纠缠，现在这算什么？"

香那气得连连挥拳打店长和女孩，但丝毫影响不到他们。

"我下落不明还不到两个月呢！"

"不用往心里去啦。"

"亏我之前还有点高兴，简直太傻了。你肯定在想，看吧，果然是这种下场。"

"我哪会这么想。"

原来你之前有点高兴啊，我不禁在意起来，但嘴上坚决否认。

从超市回家的路上，香那默默无言，我拎着购物袋沉默地跟她一起走。

一进家门，香那就脱掉懒人凉拖和洋装，不着寸缕。我脱不了香那的衣服，但她可以脱自己的衣服。

"阿英也脱。"

"得先把买的东西放进冰箱。"

"待会儿再放就好。"

香那碰我时，我只觉得凉冰冰的，她连纽扣都解不开。我们已经试过多次了，早就心里有数。我听话地脱了衣服，和香那一起坐到床上。

香那从我的肩膀一路摸到胸口，我阵阵战栗，不是因为快感，而是因为冷。因为香那永远在身旁，我既不能自慰，也不能跟别的女孩子来往，可能是我精神上感到疲惫，也可能是被香那的灵魂吸走了生命力。

"这样下去，我就没法跟阿英交往了。"

"为什么？"

"因为幽灵没办法做爱啊。"

"我只是还没习惯啦，而且不能做爱也可以交往的。"

香那只是摇头。她似乎不相信我，觉得我很快就会厌倦她，像音像出租店的店长那样搭上别的女孩。

如果香那还活着，或许会发生那种情况。我们很平常地分手，各自和别人交往。但我怎能狠心甩掉变成幽灵还待在自己身边的女孩子呢？现实的问题是，只要香那待在房间里，我就没法跟别的女孩谈恋爱。

即使死了都无法彼此信任，真是很不方便，又徒劳无力。要是话语和心意能够清楚地证实就好了，要是一直在一起能让香那安心就好了。

我忍着寒意搂住香那，用各种言辞和动作安慰她，不知不觉就睡着了。

香那在走夜路。

穿着深蓝色洋装的香那，背影浮现在车头灯的白色光晕中。她两手提着购物袋，脚步轻快，间或抬头望向夜空，似乎在对着星星哼歌。

我开着杏黄色的 March，悄然从后方接近香那。车头灯照得附近亮如白昼，香那却没发现我。车子沉闷地撞上香那，她的身体落到引擎盖上又弹了起来，画出一道弧线后重重摔落地面。

我下了车，抱起香那放到后座，又把掉了一只的懒人凉拖、散落一地的青菜和肉、掉出来的手机全部收回到车上。购物袋里面有粘毛滚筒，我用它把路面上方向灯塑胶盖的碎片和剥落的车漆都仔细清理干净。

载着香那的 March 沿着蜿蜒的坡道向上，这是有观景台的那座山。我在合适的地方停下车，背着香那下到漆黑的山坡，空气中有潮湿的泥土气息。我思索着应该埋在哪里好。

背上的香那冰凉而柔软。

我从噩梦中惊醒，似乎已过了半夜。感觉脖子那里凉飕飕的，原来香那正骑在我身上，两手掐着我的脖子，低头看着我。她的眼神清澈，闪着惨白的光。

"会透过去，"香那喃喃说道，"想杀阿英也做不到。"

就算你拥有实体，你也不会杀我的。不管多痛苦、多寂寞，你都不会杀人。你做不出那种事。我喜欢这样的你。

我伸出手臂,香那松开勒着我脖子的手,躺到我身边。没有实在的触感也没有体温,让我有些孤单,但把这当成香那新的感觉、新的体温,就会心生怜爱,有点冷也可以忍耐。

我抱着香那,望着黑暗的天花板。

"撞死香那的说不定是我。"

"为什么?"

"我做的梦太真实了。"

"梦不都是很逼真的吗?"香那的声音很温柔,"为什么阿英非撞死我不可呢?"

"我不知道,也许是想逃离香那。"

因为她是幽灵。只要有她在,我便无法和别人相恋、做爱,只能陪着冰冷的幽灵活下去。那也能叫活着吗?

香那死了变成幽灵出现时,或许我也死了。

"可是,阿英并没有撞死我。"

香那的语气里带着歉意。我更加用力抱紧香那,她被挤得变了形,整个人陷在我怀里,然后仿佛无事发生似的又恢复了原状。我的皮肤感受到似热又冷的麻痹感和压迫感,就像把手插进雪堆时的感觉。

"睡吧。"

在幽冥与人间的交界处，我们做着同样的梦。

十月中旬，在山里找到了香那的尸体。香那已经白骨化的左手突出地面，被来采蘑菇的主妇们发现了。

鉴定结果证明那是香那，我被叫到警局，又被问了很多问题，听了不少刺耳的话，折腾了约一小时才回到公寓。香那一直在我旁边，时而向刑警抱怨，时而吐吐舌头。

听说香那的父母来了大学城领取香那的遗体，我到最后也没看到香那被发现时的模样，和我形影不离的香那也不知道父母对着她的遗体终日悲叹。

不知是谁打电话告诉我灵前守夜和告别仪式的日期，我和香那终于有了她确实已经死去的感觉。

"明天是守夜，后天是告别仪式，好像是在你老家附近的殡仪馆举行。你打算怎么办？"

"听了念经会不会就安息消失了呢？"

"不知道。香那你不是佛教徒吧？"

"不是，我没有任何信仰。"

"那应该没关系。死后四十九天早就过了，你也没消失啊。"

我穿上唯一一套黑色西装，把念珠和奠仪装进口袋。香那只能穿无袖洋装过去。

我们开着 March 出发，去香那的老家横滨参加守夜。就在不久前，下午三点的阳光还很明亮，现在却已接近黄昏的光线了。冬天来了，要跟香那一起睡，就得比往年更早考虑如何御寒。

香那系好了安全带，坐在副驾驶座上。虽然已经成了鬼魂，也不知道出了车祸会怎样，我还是帮她系了安全带，但安全带透过香那的身体，紧贴在座椅靠背上。香那很少说话。去参加自己的葬礼，自然没办法开朗地说笑。我也没有硬找话说，专心致志地开车。

通过高速公路的收费站，汇入主干道后，我加快了车速。就在这时，香那的身影从副驾驶座破碎消失了，就像被风吹散的花瓣一般。

我大吃一惊，好容易才压下了踩急刹车的冲动。这里也不能掉头，刚好路边有带紧急电话标志的避车处，我在那里停下车，急忙跑回刚才汇入主干道的地方。

车流从我身边呼啸而过，废气和噪声猛烈地钻进全身的毛孔。沿着隔音墙稀稀拉拉种的树，每一片叶子都像蒙了层灰似的黯淡发黑。

香那从前方跑过来，似乎在拼命追赶车子。原来她没有从这个世界消失，我打心底松了口气。

"香那！"

"阿英！"

我们在高速公路的角落相拥，当然我很小心，没有太过用力。

"怎么回事啊？你突然消失不见，我担心死了。"

"我还以为你丢下我跑路了，"香那吸了吸鼻子，"好像车一开快我就没办法保持形状。"

我们走回车上，再次朝横滨前进。我小心翼翼地提高车速，指针指向时速八十三公里的瞬间，香那又消散了。

我把车停到路肩，去接香那。

"看来时速最好不超过八十公里。"

"对不起，这样上高速的意义就不大了。"

我决定在最左侧的慢车道上慢慢开。

"为什么超过八十三公里就会消失呢？"

"大概撞死我的车子时速就是八十三公里，一旦超过最后时刻经历过的速度，不知怎的身体就消散了。不过从车里被吹飞后，很快又会恢复原状。"

"那条路那么窄，把你撞倒的家伙一定开得飞快。"

凶手并没有抓到。我想起大学的下条小姐说过，现场的遗留物品非常少。或许凶手就像我梦里那样，用粘毛滚筒把证据碎片都拾掇干净了。

因为没法加快车速，我们花了比预期更多的时间才到殡仪馆。

我在接待处签了到，送上奠仪。我看到几个同社团的伙伴，但他们都没来找我，想必是不知道跟我说什么好吧。

祭坛前摆放着漂亮的棺木，但能瞻仰遗容的小窗紧闭着，里面是香那的遗骨。即使遗体已经白骨化了，好像也要在殡仪馆再火化一次。

和尚念经的声音持续不断。香那的母亲茫然地望着某个地方，父亲比我夏天见到他时瘦了好几圈。香那跪在父母面前，轻轻握着他们的手。

我本以为已经做好心理准备，然而一看到鲜花环绕中微笑的遗照，还是忍不住哽咽起来。香那死了，真的死了。

"香那，"我轻声呼唤，香那急忙从父母身边赶过来，"我想跟你一起去。"

"我就在这里啊，阿英。我们一直在一起。"

一直到什么时候，到我死为止吗？等我死后，我也会变成鬼魂见到你吗？你不是看不到城里的其他鬼魂吗？

生者和死者的区别，或许在于是否能够杀人和被杀。不能杀人也不能被杀的就是死者。

穿着无袖洋装、头发散发出甜美香气的香那，永远不会变老了。从今往后所有的时间，我都要和她一起度过，只有我能看到的香那。我害怕总有一天我会无法忍耐。这样子活着，跟被迫和香那殉情了又有什么两样,简直叫人发疯。

不,说不定我早就疯了。为什么只有我看得到香那?连父母都听不到香那的声音,为什么我却能听到?

"阿英,回去吧。明天还要上课,早点回我们的公寓吧。"

March 以八十公里的时速在高速公路上行驶。

星星在夜空闪烁,宛如散落在幽暗柏油路上的车漆碎片;宛如深埋在地里,接收到信号闪着青白光芒的香那的手机。

"爸妈一定会把我的公寓退租,明天骨头也要烧掉了,真的什么都不剩下了,"香那从副驾驶座上望着窗外,"现在只剩下喜欢阿英的心意了。"

如果开到时速一百二十公里,会发生什么情况呢?我心想。香那会烟消云散,要是我不去接她,她只能趿拉着懒人凉拖走回大学城,也有可能吹散后就无法恢复原状也未可知。

我想把油门狠狠踩到底,哪怕连人带车猛撞到墙上也无所谓。我想甩掉香那逃走,飞快地逃向她再也追不上的远方。

但我没有付诸行动。

香那残留的"喜欢"这种心意,迟早有一天会淡薄吧。心意消失的时候,香那也会彻底从这个世界消失吧。我期盼那一天早日来临,却又希望至少在我的心跳停止前,这份心意不要消失。怀着这样的思绪,我驾着车在星空下奔驰。

SINK

已经忘记了。真相。但眼前偶尔会有什么东西掠过，就像戴着笨重的护目镜焊接铁皮时一样，飞溅的火花重叠交映，不确定什么时候见过、是否真的见过的情景浮现在眼前。

细小的气泡不断上升。那些气泡亮晶晶的，像雪又像星星。周遭一片幽暗，如同冻结般寂静，只有无数的小气泡闪着幽微的光亮，画出无数条细线升向天空。伸出手也抓不住，连绵的气泡被打断，从指缝间溜过，然后又若无其事地连成一串，朝着上方摇曳而去。

不，或许是这身体在往下坠落，或者正在沉没也未可知。

那情景转瞬即逝，眼前只有在高温下逐渐熔化的金属。

烧灼铁皮的气味扩散开来，飞溅的火花绘出宛如彼岸花的轨迹。

悦也感到脚踝被冰冷的手抓住，醒了过来。每次都是这样。他从床上坐起身，揭开毛巾被检查脚踝，没有任何异状。可是刚才那冰冷的感觉，分明真实到仿佛会留下手印。

"喂喂，你没事吧？刚才你猛地一哆嗦。"

听到声音，他才发现悠助站在房间中央，叼着没点火的烟看着自己。

"你从哪进来的？"

"大门啊，你门没锁。"

悦也下了床，去厨房洗脸。起皮的木地板带着点热气，门外是车辆嘈杂的声音。看样子已经快到中午了，从厨房的小窗照进来的阳光很强烈。

睡觉的时候空调似乎关掉了，屋里闷热得很。悦也把汗湿的T恤丢进洗衣机，回到床边。悠助依旧站在原地抽着烟。悦也拉开窗帘，打开玻璃窗，微风把白烟慢慢吹向房间里面。

"做好了吗？"悠助问。

"在下面。"悦也回答。

悦也从瓦楞纸箱里拿出洗好的T恤和内裤，捡起掉在地上的牛仔裤，走向浴室。他总想着应该买个衣物收纳柜，但也只是想想，并没有行动。悦也房间里的家具只有一张床，还是悠助给的二手货，弹簧都失灵了。吃饭他就坐在地上随便对付过去，所以也没有桌椅。电话也直接放在地上。他也没有电视。这个房间如果打通隔墙和厨房连成一体，约有十五叠大小，因为空荡荡的，看上去比实际要宽敞。

洗过澡，悦也穿上衣服走出浴室。悠助早已抽完了烟，正望着窗外。烟头丢在厨房的水槽里，泡涨了变成黄褐色。

悠助回过头，对着正用毛巾胡乱擦头发的悦也笑了笑。

"你也该买张新床了吧？"

"是有这打算，等下次搬家的时候。"

"骗人，你要搬去哪儿？什么时候？"

"重森町，应该就是今年夏天。"

"为什么要搬回那么偏僻的地方？"

"也没有非住在东京不可的理由啊。"

悦也把毛巾也丢进洗衣机，背对着悠助，像是要阻止他再问下去："你来确认一下完成情况。"

他打开便宜的三合板大门，走下昏暗的楼梯。他现在的住处兼工作间是栋约五十年楼龄的二层建筑。这里临近运河，小巧的住宅和工厂鳞次栉比，就算发出点噪声，这附近也不会有人抱怨。对岸则是一栋栋高楼拔地而起，早晨运河上雾气弥漫时，看来便似幻想中古代王国的海市蜃楼。

悦也将一楼当作车库和工作间。以前这里好像是金属模具工厂，没有窗户，地面也只铺了水泥。

拉开临街的卷闸门，悦也先把二手小货车开到路边停好。不开出去很占地方，连操作的空间都没有，但没有交通工具，交货的时候又很不方便。他决定搬家的原因之一，就是工作间太狭窄。

悠助蹲在工作间的角落，检视今天早晨刚刚完成的铁门。门上有流畅华美的镂空花草图案，仔细看，可以看到两只小鸟在嬉戏。

悦也从小货车上下来，用脚踢开散落在地上的废铁，在悠助身边站定。

"怎么样？"

"做得很好。"

悠助从口袋里拿出卷尺确认尺寸，满意地点了点头。

很多客户厌倦了成品，来定做门、户外灯、陈列橱窗。悦也的工作就是切割、扭曲、敲打铁皮，做成任意形状。他从小一起长大的朋友悠助经营建筑事务所，也让他勉强可以靠金属造型手艺混口饭吃。

"名牌也做好了。"

薄薄的长方形铁牌上，和门一样做了镂空的花草图案。客户的名字则用雕金技法凿出浮雕效果的花体字。

悦也指了指工作台，悠助瞥了一眼，愉快地笑了起来。

"这么细致的东西，你平常是用怎样的表情做出来的？"

"就这种表情啊。"

悦也戴上劳动手套,把门板和名牌包装起来。悠助又抽起了烟,在一旁看着他忙碌。

悦也把货物搬上载货台,让悠助坐到副驾驶座,然后发动了小货车。车子开过大河,横穿东京,朝西边开去。

可能因为是周日,市中心堵车并不严重。电台在播放古典音乐,但不熟悉音乐的悦也听不出是谁的曲子。他伸出左手想换台,又停了下来。悠助闭着眼睛,好像听得很专注。悦也觉得冷气开得太足了,于是改为转动空调的旋钮,稍微调高了设定温度。

车里隔绝了外面的炎热,安静得让他怀疑悠助睡着了。穿过满眼绿意的市中心,车子进入了青梅大道。道路两旁排列着拉面店和折扣店,悠助不知何时睁开了眼睛。

"下个红绿灯左转。"

"嗯。"

"你搬家是很好,但田代小姐怎么办呢?"

"什么怎么办,不怎么办啊,我们又不是在交往。"

"是这样吗?"

"是。"

他和田代惠美一起去过几次家具展览会和美术馆,回来的时候一起吃晚饭,就只是这样而已。这应该算不上在交往。

"可是，你不知道人家是怎么想的吧。要好好对待人家啊，她可是我太太的朋友。"

悦也是因为刚好有时间，对展览也感兴趣，田代来约他也就去了。他自认应该没有暗示对田代有好感的言行，因为他本来就没有特别的好感。田代同样没有向悦也表露过好感。或许她的眼神、指尖表示过，可他就非得领会到那么细微的信号吗？

我才不管呢。悦也懒得多想了："是你自作主张把她介绍给我的。"

"我是好心介绍给你。"

悠助抱起胳膊，摆出沉思的样子："我说你啊，没问题吧？原以为你在恋爱方面奉行秘密主义，但好像根本不是这么回事。"

悦也沉默不语，感觉到悠助从左边投来的视线，小心翼翼又带着探询的意味。

"果然还是因为那个吗？"

那个是什么？如果这样反问，悠助会怎么回答呢？他有勇气回答吗？二十多年来，悠助总是态度含糊，不触及核心，自觉已经委婉地表示"可是我是把你当朋友，一直很惦念你的"就满足了，对悦也很亲切。

"我现在只想专心工作。"

听了悦也的话，悠助暗暗松了口气，但又有些失望。

位于阿佐谷住宅区的这栋小巧独栋建筑，外观已基本完成，客户一家来看即将完工的房子。内部装潢和外部工程的施工人员今天都休息，建筑师悠助用钥匙打开大门，带客户一家参观屋内的状况。

客户夫妻年纪在三十六七岁，表情都很愉快。两个年幼的儿子抢着换上拖鞋，在新家里跑来跑去。孩子的欢闹声和大人的笑声在贴着防护膜的空间里回荡。

悦也没跟他们一起进去。他从小货车的载货台上卸下门板、名牌和工具，拆开外包装，把门板嵌到已经安好的门柱上，然后检查开关情况。雪白的外墙上，有厚重感又不夸张的铁门显得很好看。

他用螺丝钉把名牌固定到门旁的墙上。孩子们大概是室内探险玩够了，来到了门外。两个穿着同样衣服的小孩很稀奇地摸着悦也制作的铁门。

"有小鸟！"哥哥说，"是什么鸟？"

悦也瞟了一眼兄弟俩，两人都抬头看着他，明显是在问他。

"你喜欢鸟吗？"

哥哥无忧无虑，一点也不怕生："嗯，我知道的可多啦。鸽子啊，麻雀啊，乌鸦啊，白脸山雀啊，还有……还有……翠鸟！"

是第一次见到悦也，全身都流露出亲密和信任感。弟弟半躲在哥哥身后，害羞地偷瞧着悦也，似乎很笃定只要有哥哥在，就一切都没问题。哥哥也知道这一点，半是夸耀半是让弟弟放心似的，不时回头看看他。

"这种鸟图鉴里没有的。"

"为什么？"

"因为是我想象的鸟。"

"是嘛。"

安好名牌后，悦也转向兄弟俩。

"几岁了？"

"五岁。"哥哥说。

"三岁。"弟弟说。他没办法竖起三根手指，就把手整个张开。

"三岁是这样吧？"哥哥说着，想把弟弟的拇指和小指弯下去，弟弟不高兴地躲开了。

悦也也有弟弟，很多年前沉在夜晚的海里，死了。

他自己没有家也没有家人，却为别人的家和家人制作物品，想想也很奇妙。

工作结束，悦也把悠助送回家。

"真希望客户不要在周日看房子啊。"悠助不停地抱怨，"我老婆最近好像也很忙，也就周末才能聚一聚。"

他这是在秀恩爱呢，还是在诉苦跟老婆关系不好？悦也坏心地想着。

"你去重森町找房子的时候，记得也叫上我。"

"为什么？"

"我也顺便回趟老家。老妈一直催我盂兰盆节回去，可我老婆不愿意。"

"我不会在盂兰盆节的时候去，路上会很堵。"

"没关系，跟亲戚见面也麻烦得很。反正'一年回去一次'就可以了。"

好烦啊。悦也和往常一样，默默地咽下了对多年好友，甚至可说是唯一朋友的感觉。

日高悦也是全家自杀事件的幸存者。

在悦也的老家重森町，应该没有人不知道这件事，悦也自己却不太记得了。为什么只有自己活下来，为什么父母选择带着孩子一起去死，在走到自杀这一步之前，一家人过着怎样的日子？

成长的过程中，悦也知道了很多事。他查阅了当时的新闻报道，也听说了种种传闻，因此，记忆里有几分是自己的亲身经历，还是根据了解的情况虚构出来的，抑或纯粹只是想象，他已经一片混乱，无法判断了。

他觉得日子过得不好。父母时常争吵,因为没有钱。

六叠大、只有一个房间的公寓里,五岁的悦也和小两岁的弟弟安静地看着绘本,尽量避免被父母迁怒。绘本讲的是听到有人呼救就立刻飞过去帮忙的英雄故事,英雄的脸是甜甜的面包做的,他会毫不吝惜地撕下来送给哭泣的孩子。

悦也的父亲在日本料理店学过厨,在那里认识了女服务生,两人结为夫妻,开了间小饭馆,但生意似乎不怎么样。两人都是抛下一切离开故乡来到东京,可能觉得没有退路了吧。悦也开始懂事的时候,父母已经整日忙于筹钱,时常吵得不可开交,然而不知为何,弟弟还是出生了。

父亲在家不做饭,母亲要去店里,也经常不在家。店里一个客人都没有的晚上,他跟气氛紧张的父母一起在柜台吃已经不新鲜的刺身。傍晚有客人光顾的日子,父母就给他买份盒饭,让他走路五分钟回公寓,跟弟弟一起吃冷掉的炸鸡或可乐饼盒饭。他也没有什么不满,因为他不知道还有不一样的生活。

全家人只在外面吃过一次饭。他坐在破旧的白色汽车上,跟父母、弟弟一起出门兜风。车子穿过街区,沿着海边一直开。因为这辆车也用来进货,车里有股鱼腥味,但他很开心,一点都不在意。弟弟也兴奋得直笑。那天父亲开得很稳重,母亲也没有毫无来由地骂儿子。

四个人在海边的小镇下了车。小镇的背后是绿意盎然的山峦，山坡的田里种着像管线般整齐成排、连绵不断的奇特树木。"是茶树。"父亲告诉他。

父亲走进一间平房，母亲抱着弟弟，拉着悦也跟在后面。

房子里光线很暗，有股干草般的气味。悦也分辨不出是里面看似很难打交道的老人的体臭，还是暗金色佛龛前插的线香的味道。他只是觉得很可怕。没有丝毫笑意默默坐着的老人很可怕，打开的门里面，仿佛积郁了无边黑暗的佛龛也很可怕。

父母跟老人面对面坐着，不知谈什么事谈了很久。父亲有时声音大起来，有时带着哭腔，好像在恳求，又好像在威胁。悦也在房间里待得无聊，跟弟弟一起去院子里玩。他找到能画出白线的小石子，在很少有车的路面上画画。他画了乌鸦、麻雀和鸽子。对悦也来说，鸟是他透过公寓窗子看得最真切的生物了。悦也很会画画，弟弟看到柏油路上出现大鸟，十分高兴。

到了路灯亮起的时间，父母终于从老人的家里出来了。悦也正想跑过去，又迟疑起来，因为两人神色木然，无力地从院子的砂砾上走过的样子，就像影子在晃荡。

看到悦也和弟弟，父亲难得地向他们笑了笑。

"好了，回家吧。顺便在路上吃个饭。"

"是啊。"母亲爽朗地附和，"你们也饿了吧。"

离开小镇，沿着海边开了一会儿就看到家庭餐厅。"就在这儿吃吧。"父亲说。这是悦也第一次进餐厅，他很紧张。店里有带着孩子的夫妻，也有年轻男女，都在其乐融融地吃饭。

他们被带到视野很好的靠里的座位。然而夕阳早已沉落，海面黑沉沉的，大窗外面只有漆黑的空间。他把脸凑近玻璃，看到白色的浪峰和闪烁的红色光点。那是什么光呢？悦也暗想。"嗯，吃点什么呢？"父亲看着菜单，兴致不高地说道。

悦也和父母点了汉堡套餐，弟弟吃儿童餐。儿童餐附送小旗子和可以拿回去的玩具车，悦也觉得儿童餐更好，但并没有说出来。难得父母心情都不错，他可不想扫兴。

汉堡很好吃。四个人再次上了车。父母都默不作声，跟刚才判若两人。不到五分钟，弟弟就抓着玩具车，在母亲的腿上睡着了。跟母亲并排坐在后座的悦也也渐渐感到困倦。车子沿着海边平缓的弯道前进。

车速骤然加快，悦也睁开了眼睛。剧烈的撞击让他从座位上滚了下来，清醒过来时，车里一片黑暗，弟弟在号啕大哭。悦也坐起身，水已经淹到他的膝盖了。

"妈妈，进水了。"悦也说。

父亲像野兽般嘶吼起来，母亲则高声大叫，紧紧抱着弟弟。悦也也想靠过去，却被母亲猛地撞开。母亲趁势用拳头敲打车窗玻璃，感觉她的手里好像握着石头。水已经漫到腰际，弟弟紧紧抱着母亲不松手。悦也感到透不过气来，他搂住母亲，却被母亲一把甩开，继续敲打车窗玻璃。母亲就像出了毛病的机器似的，反复念叨着一句话，语气腔调都很怪异，听不出她在说什么。妈妈好奇怪。悦也求助地望向驾驶座，但父亲根本没有回头，只默默地坐着。悦也又害怕又不安，好想哭，却流不出眼泪也哭不出声音，只听到自己喉咙里发出细微的嘶嘶声。

母亲不知第几次挥拳砸下去时，海水猛地从车窗倾泻进来。悦也晕头转向，不辨上下，拼命挣扎着。救命啊，谁来救救我们。可是谁也没有来。一只冰冷的手抓住了悦也乱踢的脚踝。他死命踢脚，胳膊乱挥，最后一口气从嘴里吐出来。他觉得在幽暗的水中上升的白色气泡很漂亮，此后他的意识就逐渐模糊了。

醒过来时，悦也已经躺在医院的病床上，父母和弟弟连车一起沉在了九月的海里。悦也被祖父收养，住进了有着干草气味的平房。

附近的大人都很和善，上小学后他也交到了朋友。他跟家附近的吉田悠助尤其要好，两人一直到高中都上同一所学校。悠助学习和运动都很出色，永远被人群簇拥着，悦也则话不多，学习和运动也只是将就，擅长的是美术。如果没有悠助，他是融入不了圈子的。

悠助在悦也面前不会提过去的事，但如果有同学说"日高很冷淡啊""总觉得那家伙有点阴沉"之类的话，他就会私下责怪说："悦也是有原因的。"然后得意扬扬地装出同情的模样说："你到高中才跟他同学，所以可能不知道，他只有爷爷一个亲人，父母都自杀了。"悠助向同学透露信息满足他们好奇心的事，悦也知道得很清楚。

悠助是个让人不爽的家伙，但悦也并不抱怨。他们从小就是朋友，悦也不想讨厌他。悠助会很温柔地关心他也是事实。他的阴沉是纯粹性格使然，还是如悠助所说是"有原因的"，他自己都无从判断，也就无法抗议了。

祖父在悦也高三那年春天过世了。在医院临终前，祖父问他："你恨我吗？""不恨。"悦也回答。一贯任性妄为，跑去东京后就杳无音讯的儿子突然现身要钱，拒绝是很正常的反应。祖父生活并不宽裕，但还是碍于面子和良心把悦也养大了。悦也很感谢他，完全没有恨意。

只是内心深处，充满了"如果"和"为什么"的疑问，他无法遏制自己不去想。

如果那天能拿到一点钱，父母是不是就不会选择自杀呢？为什么只有自己活下来？既然决定全家一起去死，就该做彻底，把所有人都杀掉。真是自私又残酷的人，想到自己是被这种人生下来的，他恨不得把全身的皮肤都划烂。

最后他还是挨了过来，因为他想起了哭泣的弟弟。弟弟是不想死的吧，可是幼小的他和父母一起沉在了海里，自己却浮了上来。他踢开了母亲的手，那只应该是想拉住他的手。

那时他的脑海里没有弟弟也没有父母，只有一个念头：他想活下去。他一心朝着海面而去，无比执着。自私又残酷的人是自己。既然已经卑劣地活下来，就只能活到死为止。

悦也卖了祖父的房子，又拿到了保险金，得以支付美术大学的学费。虽然在东京一个人生活，他却不觉得孤单。在此之前，他并不是没有感觉孤单过。在陌生的人群中生活，不用正视无论和谁在一起都感到孤单的自己，反倒轻松舒畅得多。

悠助也上了东京的大学，在附近租了房子。"因为担心你啊。"他开玩笑般说道。但那其实不是玩笑。悠助自己也许没有意识到，但他无疑是为了不让悦也感到寂寞，才找了附近的公寓。关心朋友的悠助。对关心朋友的自己心满意足的悠助。他简直感激得要吐了。悠助这种黏人的言行，就像贴身紧盯一般，让他感觉不舒服。

悠助经常约悦也参加联谊会和朋友聚会，然后向他耳语："某某对你有点意思哦。"也会真的帮他介绍。起初如果是感觉不错的女孩，悦也就坦率地交往。每个女孩都很可爱，性格也很好。

可能是悠助透过口风，也有女孩知道悦也的过去，尽量小心避免提及。

可是无论如何都不行。即使聊得很开心，也感受到温暖，他还是会突然觉得一切都没有意义。看到悦也陷入沉默，女孩也尴尬地沉默了，最后总是说："我没办法支撑悦也。""我没有信心和悦也一起过得幸福。"悦也并没有想要得到支撑，也没有想过要一起幸福地生活。同样的事情一再发生后，他终于意识到，自己对对方没有任何期待。没有任何期待的人，也不可能回应对方的期待。

从那以后，他就不再跟女孩子交往了，因为要假装恋爱，假装觉得对方很重要，实在太麻烦。就算爱上了对方，觉得对方很重要，再往后他也找不出任何意义。结婚，生孩子，然后呢？一起沉入夜晚的海里吗？

一个人就好，一个人就好。这不是否定爱情，也不是有暴力倾向。他认认真真地上大学，专注地制作喜爱的金属造型，尽量小心说话以免伤害到别人，在电车上给老人让座，不给任何人添麻烦。他只是不觉得有必要跟特定的某人谈恋爱，万一怀孕了很为难所以也不想亲热。这跟素食主义者不吃肉、酒太伤肝所以戒酒是同样的道理。悠助带着担忧的神色问："你最近怎么了？""说说你喜欢的类型吧。"他总想帮悦也的忙，但悦也希望他少来管自己。

切割、焊接柔软的铁皮，是可以全心投入的工作。悦也虽然也制作椅子和日用品，但他最喜欢做的是房子外面的配件，那是回家时第一眼看到的东西，清楚地反映出屋主的品味。

金属造型可以一个人默默操作，不用说话就能做出来。悦也毫不犹豫地决定，大学毕业后就以此为生。

他戴上笨重的护目镜焊接铁皮。飞溅的火花重叠交映，偶尔有亮晶晶的气泡从眼前闪过，他不知道这是何时见过的情景，还是脑海里编织的虚假记忆。深深地、深深地沉下去，或许是浮上来也未可知。就像抬头望着下雪的天空时那样，地面的触感消失了，心灵和身体都飘浮起来。

这是瞬间的幻影。充斥着铁皮烧灼气味的工作间里，红色的火花四下飞溅。

悠助说自己也要顺便回老家，却还是不断向悦也下单门、户外灯和窗饰，悦也因此忙于制作，根本抽不出时间去找房屋中介。

悠助的坏习惯又来了，悦也懊恼地想。悠助应该是不希望悦也搬家，想尽量把他留在自己身边。

说是友情太露骨，说是爱情又有些扭曲。对没有伤痕也没有阴影的悠助来说，如果说有什么事会成为伤痕和阴影，那就是"没有伤痕也没有阴影"这一点。在悠助看来，悦也充满了伤痕和阴影，把这样的悦也留在身边，关心他、照顾他，悠助感觉会很愉快吧。我知道满是伤痕和阴影的你的痛苦，因为我也有相似的地方。不过，加油往前走，加油朝着光前行，我也会帮你的。

廉价的工具。悦也就是用来满足悠助自尊心和优越感的工具。但他无法指责悠助的虚伪，沉默地甘于扮演工具的角色。不，毋宁说他率先完成了角色，因为他的工作大半来自悠助，也可以说他是以悠助发现的伤痕和阴影为借口，不与其他人往来，沉浸在自己的世界里。

光是让悦也忙得不可开交还不够，悠助还不忘唆使田代惠美。

"我听吉田先生说，日高先生可能会回老家。"

一天晚上，田代打来了电话："如果您有空，我想跟您见一面。"

老家。自己的老家是重森町吗？悦也一时想不明白。全家人住过的那栋老旧公寓，如今连在哪里都记不分明了，若说那是老家，他也总觉得有些不对。

找理由拒绝也很麻烦，他算了算正在制作的门板还要多久才能完成。

"还要过些日子，没关系吗？"

悦也放下话筒，接着吃晚饭。他匆忙扒拉着在附近超市买的熟食和用微波炉加热过的米饭，在睡觉前还得再干一阵活儿。

离开重森町已经十年了，风景并没有多少改变。海边的道路，阳光映照下的大海，大片茶园的山坡都依然如故。若说有什么变化，就是悦也祖父的房子被拆掉了，变成茶园的一部分，一家人最后吃晚饭的家庭餐厅也关门了，但招牌还是原样，玻璃窗积了层潮气和灰尘，变得模糊不清。

悦也开着小货车从餐厅旁边经过，一直开到车站前的房屋中介门口。不长的商业街冷冷清清，大部分店铺都拉下了卷闸门。

盯着悦也看了几秒钟，房屋中介的大婶说："哎呀，好久不见了。你还好吗？东京怎么样？"

大婶把电风扇转向悦也，从办公室后方的冰箱里拿出泡好的麦茶。

"吉田先生也一起回来了吗？"

"没有，就我一个人。"

"他很忙吧。吉田太太常说，现在这么不景气，你们倒好像有忙不完的工作。她是在炫耀吧，哈哈。"

大婶将托盘上的玻璃杯放到他手边。他轻轻点头道谢，喝了一口凉麦茶。

"我打算最近搬到这里，有没有房子是稍微发出噪声也没关系，带车库或仓库可以当工作间使用的？工作间最少要有二十叠的面积。"

"有应该是有的，"大婶惊讶地摇摇头，"但你和吉田先生的工作怎么办呢？还是在东京比较方便吧。"

"现在有网络，不管住在哪里都能接订单。送货可以用物流寄送，也可以自己开车送货。"

"这样啊，那还是这里好。可以悠闲过日子，水也好喝。"

大婶从资料柜里拿出文件夹，给悦也看了好几所房子的资料，其中有两所符合条件，悦也便提出去看房。

"你是开车来的，要是能自己去看我就省事了，因为我今天得看店，我家那口子腰痛去医院了。"

大婶把钥匙给了悦也，又帮他复印了去那里的地图。

悦也看过两处房子，更中意位于海边高地的那栋。那里是农家的格局，有一个独立的大车库，虽然是老房子，但可能是勤于维护，房屋的状况不错。

他回到房屋中介处，还了钥匙，顺便签了租约。在他填写文件上的必要事项时，大婶客气地说：

"盂兰盆节已经过了，你去扫墓了吗？"

"没有。"

"偶尔也要去给爷爷上个香啊。"

"嗯。"

大婶其实是想说,也别忘了父母和弟弟吧。

等搬了家,就可以每天俯瞰海景了。

悦也侧头望着被夕阳染红的海面,踏上了归途。那是埋葬了全家的大海。

这就像故意用力按压磕碰的地方,确认哪里在痛一样,悦也开着小货车想。一次又一次忍不住按压,即使想忘记,梦境也总在夜晚到访。那只触感冰冷的手,到现在也抓着悦也的脚踝不放。

横竖无处可逃,不如放弃挣扎,被拉过去算了。

从重森町回来后才过了两天,悠助就过来了。悦也因为要准备搬家,门板的交货日期也快到了,他忙了一个通宵,直到中午才终于上床睡觉。

"喂!"

"干吗?门在楼下,你拿走吧。不好意思,现在我开不了车。"

"不是那个啦。"悠助拉开窗帘,刺眼的阳光让悦也背过身去,缩成一团。悠助掀开他的毛巾被。"你已经租好房子了啊,为什么一个人回去?"

"这也没什么关系吧。"

"有关系。工作你打算怎么办?不要随便做决定。"

"不管在哪里,照之前那样做就是了。"悦也很困,渐渐烦躁起来,"倒是你,为什么要跟田代多嘴?"

"不是多嘴。我觉得说了对你比较好……"

悦也笑了起来,心想:"把符合你标准的女人介绍给我,顺利交往的话就结婚成家吗?真的是为了我吗?"

悦也从床上坐起身,抬头看向在摆弄香烟盒的悠助。

"我说悠助,你就这么不想离开我吗?你想一直把我留在身边吗?是哦,你就是想通过可怜我来让自己感觉良好吧。"

"我从来没有这么想过。"

悠助的表情僵住了,低声说道。

"是吗?我还以为你一定是喜欢我呢。你在可怜我的时候恐怕是有点误会吧,所以才对我跟什么样的女人交往,交往到什么程度那么上心,真是恶心死了。"

悠助的脸色变得煞白,不知是因为气愤,还是因为被说中要害。悦也怀着残忍的心态,冷静地观察着悠助的表情。终于可以从郁闷中解脱出来了,他感到很痛快。但他还想再花点时间嘲弄他。

"我就直说了吧,我讨厌你。你每次来这里,好像都在确认我有没有用这张床。很可惜,我只是因为它还能用就用了,完全没有你期待的那种意思。"

悠助紧攥着烟盒的手在微微颤抖,眼眶发红。

"你想说的都说了，满足了吗？"

"嗯，满足了。就像你通过同情我得到满足一样。"

悠助深深叹了口气，转过身静静地走出了房间。

悦也依旧坐在床上，低下了头。真是太荒谬了。为什么要说个不停呢？他也许说中了悠助真实的心思，但那并不是百分之百的真实，就像全家自杀前悦也的记忆一样，也有编造出来的部分。究竟在多大程度上是事实，从哪里开始是掺杂了想象和解释的故事，谁又能分得清呢？连他自己都无法判断。

悦也无法抵抗嗜虐般的快感，毫不留情地揭穿悠助的用心，因为他不想一直被提醒，自己是如何始终深陷于过去之中，如何怯懦地看别人脸色过活。

真是悲惨啊。

上野的美术馆正在举办洛可可时代的家具展。悦也越过众人的头顶，望着布面的猫脚椅和装饰繁复的枝形吊灯。馆内人流如织，让悦也不禁替田代担心，个子娇小的她只怕什么展品都看不到。

两人一路散步到了谷中，在咖啡馆里小憩。田代收起黑色太阳伞，用干净的手帕拭去额头的汗珠。

"果然星期天人很多。"

"是啊。"

"最近工作忙吗？"

"还好，已经告一段落了。"

系着米色围裙的年轻女服务生送来两杯冰咖啡。为了掩饰尴尬的沉默，悦也和田代都伸手拿起杯子。黑色液体中漂浮的冰块互相碰撞，发出清脆的声音。

"我想日高先生已经发现了，我喜欢您。"

田代把杯子放回桌上，语气淡然地说道。

"对不起，我……"

"您不用回答，因为我已经知道答案，"田代微笑着打断了悦也的话，"其实我一直犹豫要不要说出来，但从吉田先生那里得知您已经决定搬家，所以我觉得还是要告诉您。"

"什么时候？"

"啊？"

"吉田什么时候联系你的？"

"他昨天打电话给我。"

事到如今还要多管闲事吗？真是不长记性的家伙。悦也很意外，但也感到安心，恶意伤害悠助的负疚感似乎被冲淡了。想到他可能还没有完全放弃自己，欣喜的感觉让悦也心头一热。自己真是太任性了。

"如果可以，请告诉我，"田代直视着悦也的眼睛说，"我不行吗?"

"不是那样的。"

悦也不知道该如何解释,最后决定如实相告。他没有力气说谎,而且田代听后一定会吓得不敢再接近自己。

"吉田跟你说过吗?我是全家自杀事件的唯一幸存者。"

"对不起。"

"你不用道歉。这本来就是事实,吉田一向就喜欢到处宣扬我的过去。"

"吉田先生是担心您。"

悦也对田代的话一笑置之。

"我现在不想同任何人交往。我有很多想尝试的工作,没有多余的时间和精力,这是一个理由,事实上我也真的没有恋爱的心情。"

"这和您的经历有关吧?"

"也许吧。"

冰冷的手抓住悦也的脚踝。

"父亲开车带我们沉入大海,海水灌进车里,我拼命挣扎,踢开了母亲拉住我的手。"

他自觉说得很平淡,田代却别开了视线,似乎很难过地低下了头。

"母亲可能是想跟我一起获救,也可能是觉得我一个人活下来很可怜,想抓住我。真相究竟如何,已经无从考证,可是我踢开了母亲活下来这个事实,无论如何我都无法忘怀。"

一群中年妇女热闹地说笑着走进店里,手上拿着谷中陵园[1]的地图。

田代抬起头,小声说:"说不定令堂是想把您推出车外,不是抓住您。也有这种可能吧?"

"我没这么想过。"

如果真的是这样该多好,如果能改写已经固化的记忆该多好。

"我有个很过分的问题,"田代说完,喝了一口冰块逐渐融化的咖啡润喉,"如果没有那样的经历,日高先生会谈恋爱吗?"

"这种假设意义不大吧。"

因为一切已经发生。之所以没有恋爱这根弦,是因为经历还是个性,悦也也无法判断。

但或许照田代说的,编一个新的故事也不错。因为他还要继续活下去。如果记忆无法消除,至少可以随他需要窜改看看。

---

[1] 位于日本东京都台东区谷中的都立墓园,因许多日本名人葬于此处和四月园中樱花盛开而成为观光景点。

搬家的行李快打包完了，房间感觉越来越空旷，剩下那张床就像一座小岛。悦也躺在床上，思索着母亲想帮自己逃生的可能性。

母亲察觉到丈夫心意已决，偷偷在院子里捡了块称手的石头。哪怕杀了他也非阻止不可。蹲在路边的两个孩子笑着跑过来，天真的眼神毫无疑心。不能让他们死。

可是她又动摇了。一家人吃的这顿晚饭，花掉了最后一点钱，明天开始日子要怎么过呢？还是死掉比较轻松，孩子们也不会留下悲惨的回忆。

车子沿着海边行驶，丈夫找到适合冲出去的地方，踩下了油门。怎么办，好可怕。但她告诉自己，一家人可以死在一起了，然后稍微平静了一些。她也想到，要用石头砸丈夫的后脑，就要趁现在，但她下不了手。好可怕。车子失控，说不定会偏离路面坠入海中，她不想杀人，那是丈夫的任务。就因为丈夫没出息，他们才会落到如此地步，她希望他至少在最后关头负起责任，让全家没有痛苦地死去。

霎时间，他们浮在了空中。她抱紧哭叫的孩子，发出悲鸣。好可怕，救命啊！要透不过气来了，谁来救救我们啊！丈夫也发出野兽般的嘶吼，但现在却丢了魂似的安静下来。何其软弱啊,你要逃避到什么时候!孩子们该怎么办呢?错了,果然这种选择是错的。

她甩开靠过来的大儿子,手握着石头猛砸玻璃窗,一次又一次。皮肤破裂了,手指可能也骨折了,但她不管不顾。水已经漫到腰际了,快点,快点碎吧!

"至少你,至少你——"

她像念咒一般反复说着。孩子的喉咙发出嘶嘶的漏气声,很痛苦吧,害怕得想哭都哭不出来。真可怜啊,我一定会救你的,至少要救下你。

不知第几次挥拳砸下去时,海水汹涌地灌了进来。快游!啊,不是那里,要朝着海面游,才能活下去。

她抓住儿子挣扎的脚踝,引导他游向正确的方向。对,用力踢。她用尽全身力气,把儿子推出车外。趁着还有意识,她望着儿子跟气泡一起上浮的景象。怀里的小儿子已经没有了心跳,她紧紧抱着,他柔软的头发漂了起来,覆住了鼻尖。无论你到哪里,妈妈都跟你一起去。

悦也闭着眼睛躺着,让身体适应新的记忆。他拼命地想象着有人回应了他的求救,充满信赖和希望的故事。

眼睑内侧,火花的残影在飞溅。不,不是火花,是细小的气泡。被水面射下来的一道光照亮,在黑暗中闪闪发光。

　　追寻着那串上升的气泡,悦也深深地、深深地下潜,沉入夜晚的海底,看到了白色的车子。透过车窗,他看到了一起靠在后座上,仿佛睡着了的父母、弟弟和幼小的自己。

导读

○角田光代

　　收录于这部作品的短篇小说都是以死亡为主题书写的。有人疲于照护岳父母，被劝说提前退休，儿子又撞伤了幼儿园小孩，一切都令人厌烦，于是想死；有人指责伴侣出轨，提出殉情；也有人穷困潦倒，最后全家一起自杀。

　　也有人未能相约自杀就死去了，战死、病死、因事故而死。失去了本应一起携手生活的人，另一方采取与一般意义上殉情不同的方法，设法探寻他们死亡的意义。

　　所有小说里出场的角色，也都将死亡视为救赎。只要死了，就从当下的重负里解脱了，或许会获得没有负担的、全新的生活。虽然没有写出来，但很多人抱有这种期待，觉得今后绝对可以顺利得到新生。

对选择自杀的人来说，固然有视死亡为救赎的成分，但这本小说里明显可以看出，还有不同的一面。《森林深处》里的男人想寻死，不只是因为绝望和无措，也因为妻子"要是你死了，就能拿到保险金了"的话让他心怀怨愤。虽然到最后也没揭晓真相，但《火焰》里自焚而死的高中生，极有可能是在表达抗议。人也会因为愤恨和抗议而选择死亡。

现实中无力的我们，无法做任何的报复和抗议，如果能够通过死亡，如神明一般惩罚他人，让他人受伤、深感后悔，又会有何感想呢？

这本小说就是如此这般，描写出了自己选择死亡（自杀、相约自杀）的人的种种侧面。救赎或是抗议、复仇，从前生到来世的重启，见到逝者的方法……无所不能的感觉。虽然赴死有诸多的缘由，但共同之处在于，无论死后的世界是否存在，登场角色都觉得死后去往的地方比当下的现实要好。他们如果不这样想，也就不会选择死亡。

现实确实很残酷，这种残酷在《你是夜晚》里有充分的刻画。

作为叙述者的理纱，从小就知道梦里有另一种人生。那种人生虽然清贫，但充满了爱，直到生命尽头依然充满了爱。至少，另一种人生里的主角阿吉是这样相信的，她从未怀疑过自己的幸福。

长大后的理纱已经不做梦了,她得到了完全属于自己的人生,那是与梦境不同的现实,没有充盈的爱。理纱觉得生活不应该是这个样子,她的现实和梦境在渐行渐远。

可是,结局就是那样吗?读完我有种战栗的感觉。这两个人的人生竟然如此相去甚远吗?两个人都相信对方的爱,甘愿为爱牺牲,相信在超越了当下人生的地方——阿吉是殉情后,理纱是梦中——有着更好的生活,她们都不接受现实。

然而《遗言》让我明白,不论如何海誓山盟,现实的人生里,并不会一直充满爱意。

这本短篇集里几乎都在描写赴死的人,但这篇小说描写的是赴死未果的人。

两人因相爱而携手私奔,在准备殉情的同时抵死缠绵,享受到极致的快乐后又不舍得去死了。活下来的两人,幸运地得以共同生活,但因为叙述者的外遇,两人再次闪过赴死的想法。五十岁过后,女人因为忍受不了生活的空虚,又一次想选择死亡。女人似乎相信"爱的终极证明是一起去死"。

即使爱到私奔,爱到甘愿同死,也会在第十个年头出轨。但那并非因为不爱对方了,爱对方和出轨是同时存在的。现实中的爱情有时也是这样,有那么一瞬间爱意满溢,之后便不复热烈,爱虽然会磨损,可也并非干涸。女人感受到爱意的消磨后,便提出一起去死，想回到过去那种充满爱意的状态。听起来很可笑，但她是认真的。

这篇小说里的叙述者不觉得死有死亡以外的任何意义。死不是爱的终极证明，也不是救赎，更不是重启。无论是爱、救赎还是复仇，都只有活着才能得到，死就是纯粹的死亡。

如果失去了生命，就什么也得不到。我觉得这是贯穿本书的理念。现实的人生即便处境艰难、负担沉重，也不能逃避现实。爱——或者换个词——这个世界的强大、美妙，乃至更加美好的事物，全都蕴含在直面现实的人生之中。

不过，作者并非在一味地赞美生命。活着是很美好的事，但并没有苛责选择放弃生命的人。登场人物大部分选择了死亡，就是因为在这个世界找不到强大、美妙和更好的事物。作者没有美化死亡，也同样没有美化活着这件事。

然而，不可思议的是，看了这些并没有赞美活着的小说，却会让读者感到活下去似乎更有意思。

和作者的其他作品一样，这本书也描写了多样的人际关系。多样是指包括夫妻、情侣、兄弟等难以简单概括的关系。

《初盆的客人》里出场的阿梅奶奶，有过两任丈夫。年轻丧夫后再嫁的事并不少见，但阿梅奶奶显然一直到死，都同时爱着这两人。

《森林深处》描写的是想寻死的叙述者和来历不明的男人。读者也不知道这个男人的身份，但叙述者从寻死到求生的心意转变，是源于想帮助这个男人。

《SINK》里的两人关系也很奇妙。有着残酷过去的悦也和一直黏着悦也的悠助。悦也对悠助感到不爽，却又维持着往来。与同情不一样，两人之间是一种无以名状的感情。

《火焰》里亚利沙与初音之间转瞬即逝，却如火焰般亲密的时间，也和友情不一样。我也不认为初音只是在利用亚利沙，就如亚利沙所回忆的，其间同样有某种无以名状，却又很牢固的羁绊。

还有《遗言》里的两人，阅读时我很自然地以为是夫妻，但文中并未如此点明，可能是没有结婚的男女。

能够拯救一个人的，不只是朋友、家人等亲近之人，也许是某个无法界定关系的人，也许是偶然遇到的陌生人。而让人想活下去的，也不只是善意和爱情，也可能是因为不想让某人死去，由此获得了活下去的力量。只共度了一晚的丈夫，也会一生不忘。

正因为感受到了这本小说集里呈现出的这种关系、感情的自由，读者才会觉得活着更有意思吧。

此外，文笔也很优美。例如，《遗言》《火焰》的最后几行，优美得如同独立的诗歌。这种美令我几欲落泪。作家编织出的辞藻之美，让这个世界也变得美丽。作者的文字让我意识到，我所生活的、见到的这个世界竟是如此美丽吗？依我看来，这种美也会让读者觉得，啊，果然活着很快乐。

这本短篇集的主题是向死而生。这暂且不谈，我还察觉到了另一个隐藏的主题。不过这只是我随意的想象，或许会令作者生气也未可知。容我大胆说一句，这个隐藏的主题就是"在小说里如何对待死亡"。我觉得作者在写这些小说时，一直很真诚地直面这件事。

现实中人会死。依据现实写出来的小说里，人当然也会死。但有时读小说，会遇到角色"为了死而死"的情况。这种死不具备必然性，纯粹是为了赚读者的眼泪。有时我觉得角色的死完全是为了作者方便。泪点低的我读到这种小说时，不免一边真情实感地哭泣，一边暗骂混账。一个人死了，无论是在现实中还是小说中，都会让人落泪。可是因为人死了而哭泣，和感动并不是一回事。没必要为了让我哭泣而把人写死。有这种想法的人我觉得很混账。

我任性地认为，是人们把"惹人落泪"这个词跟感动混为一谈，导致角色死得越来越随意。作者在感知到这种倾向的同时，应该也在不断思考，在自己的小说里怎样描写死亡吧。

和我猜想得一样，这本短篇集里描写的"死"很壮烈。罹患肺癌的阿梅奶奶在最后的日子里绝食；出现在梦境中的阿吉被心爱的男人勒死；亚利沙的学长自焚而亡；悦也的家人开车冲进大海。因为都是主动赴死，虽然并非与病魔搏斗后的自然死亡，却也令我感到死亡竟是如此壮烈的事，不浮光掠影，也不刻意催泪。原来结束生命，要有这么激烈的决心啊。

我同时也觉得，这种壮烈是作者描写死亡时应有的心理准备。

在喧嚣的世界里,
坚持以匠人心态认认真真打磨每一本书,
坚持为读者提供
有用、有趣、有品位、有价值的阅读。
愿我们在阅读中相知相遇,在阅读中成长蜕变!

好读,只为优质阅读。

天国旅行

策　　划：好读文化　　装帧设计：陈绮清
监　　制：姚常伟　　　内文制作：尚春苓
产品经理：姜晴川　　　责任编辑：龚　将

图书在版编目（CIP）数据

　　天国旅行 /（日）三浦紫苑著；李盈春译. —北京：北京联合出版公司，2022.5
　　ISBN 978-7-5596-5803-6

　　Ⅰ.①天… Ⅱ.①三… ②李… Ⅲ.①短篇小说—小说集—日本—现代 Ⅳ.①I313.45

　　中国版本图书馆CIP数据核字（2021）第269186号

TENG GOKURYOKO by Shion Miura
Copyright © Shion Miura 2010
Original Japanese edition published by SHINCHOSHA Publishing Co., Ltd
Simplified Chinese translation rights arranged with SHINCHOSHA Publishing Co., Ltd
through Eric Yang Agency, Inc, Seoul.
Simplified Chinese translation rights © BEIJING GOODREADING CULTURAL MEDIA CO., LTD

天国旅行

作　　者：[日]三浦紫苑
译　　者：李盈春
出 品 人：赵红仕
责任编辑：龚　将

北京联合出版公司出版
（北京市西城区德外大街83号楼9层　100088）
北京联合天畅文化传播公司发行
北京美图印务有限公司印刷　新华书店经销
字数140千字　840毫米×1194毫米　1/32　7.75印张
2022年5月第1版　2022年5月第1次印刷
ISBN 978-7-5596-5803-6
定价：45.00元

版权所有，侵权必究
未经许可，不得以任何方式复制或抄袭本书部分或全部内容
本书若有质量问题，请与本公司图书销售中心联系调换。
电话：010-65868687　010-64258472-800